# 少年泉鏡花の明治奇談録

峰守ひろかず

ポプラ文庫ピュアフル

目次

# 第一話　「草迷宮《くさめいきゅう》」

家と家とが間《あい》を隔て、岸を措いても相望むのに、黒門の別邸は、かけ離れた森の中に、ただ孤家《ひとつや》の、四方へ大《おお》きなる蜘蛛のごとく脚を拡げて、どこまでもその暗い影を畝《うね》らせる。

月は、その上にかかっているのに。

（泉鏡花「草迷宮」より）

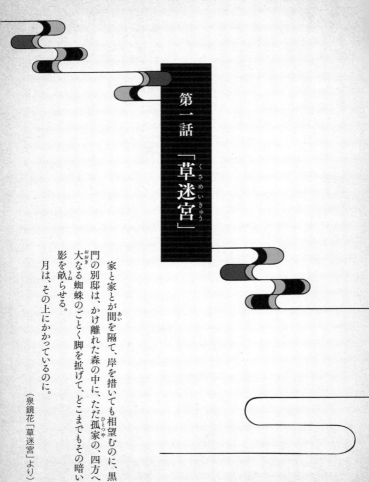

長く続いた武士の世が終わり、元号が「明治《めいじ》」と改められてから二十一年目、明治二一年（一八八八年）の二月初めのある日の昼下がり。

かつての加賀藩《かがはん》の城下町にして、今や石川県《いしかわけん》の県庁所在地である金沢《かなざわ》の町の一角、六枚町《ろくまいまち》に建つ私塾の玄関先に、若い男性の張りのある声が響いた。

「お頼み申します！」

声の主の武良越義信《むらこしよしのぶ》は、人力車《じんりきしゃ》を引く車夫である。

日々、街頭で鍛えた大きな声で屋敷の奥に呼びかけながら、義信は玄関脇の看板を改めて確認した。

元は武家の屋敷だったようで、風格のある格子戸の脇には「国語・英語・算術指導井波塾《いなみじゅく》」「下宿・通学選択可」という文字が並んでいる。達筆で記されたそれらを見ながら待っていると、程なくして屋内から「はーい」と若々しい声が応じた。

「お待たせいたしました」

声変わりを迎えたばかりなのだろう、伸びやかな挨拶とともに現れたのは、色白で小柄な少年であった。

見たところの年の頃は十三、四ほど。身の丈は五尺（約一五〇センチメートル）足らずで、女子のような細面に丸眼鏡を掛け、シャツに小袖《こそで》に袴《はかま》という書生風の出で立ちである。

取次役の書生なのだろうな、と義信が思っていると、あどけなさの残る風体の少年は、玄関に立つ義信を見て軽く首を傾げた。

義信の背丈は六尺（約一八〇センチメートル）弱、年齢は今年で二十八。引き締まった浅黒い体に黒地の半纏《はんてん》に股引、腹掛けを身に着け、菅笠《すげがさ》を被って肩には羽織を掛けている。どこからどう見ても車夫にしか見えない義信を前にして、少年は眉をひそめた。

「うちでは誰も車を頼んではいませんが」

「え？　あ、いや、そうではなくて……。あの、ここでは英語を教えておられるのですよね。俺は、英語を学びたいのです」

少年に向かって義信はおずおずと切り出し、訪問の目的を説明した。

ここのところ車夫の世界も競争が激しく、地元出身ではなく、土地勘もない身では、ただ市街を流しているだけだと実入りが悪い。一方で、最近の金沢では、城の跡地の陸軍駐屯地《りくぐんちゆうとんち》や町内のあちこちで建設が進む工場などに顧問として招かれる外国人が増えており、彼らは接待や食事のためによく外出する。そこで、英語を身につければ、そういった人たちを顧客にできると思いついた。人力車のお客から、この私塾は先生は若いが熱心で優秀で、受講料もそれほどでもないと聞いていたので、こうして訪れた次第で、云々。

　車夫である義信は、体を動かすことには慣れているものの口下手だ。その説明はたどたどしく、ぎこちないものだったが、少年はあっさり理解してうなずいた。

「なるほど。英語だけの受講のお申込みということですね」

「ええ。なので、先生に取次ぎをお願いしたく」

「それは不要です」

「不要？　いやしかし、受講料や日程のことを確認しておきたいのですが……。何より、これからお世話になる以上、ご挨拶せねばならんでしょう。なぜ呼んでいただけないのです？　先生はご不在なのですか？」

「いいえ」

　少年がけろりと首を横に振る。もしかして馬鹿にされているのか……と顔をしかめる義信だったが、少年は意外なことを口にした。

「ここで英語を教えているのは僕ですので」

「え!?　君が——あ、いや、あなたが、ここの先生……？」

「まあ、そうなります。申し遅れましたが、僕は泉鏡太《いずみきょうた》郎《ろう》と申します」

驚く義信が見つめる先で、少年はこくりとうなずき、名乗って一礼してみせた。

義信は慌てて「武良越義信です」と挨拶を返し、改めて目の前の小柄な少年を凝視した。ここの塾の先生が若いとは聞いていたが、いくらなんでも若すぎる。

「まだ子どもじゃないか……」

「これでも十六ですが」

義信が思わず漏らした感想に少年――鏡太郎が顔をしかめる。思っていたよりは年上だったが、だとしても若いことには変わりない。

「この井波塾の先生は二十歳過ぎと聞いていたのですが」

「はい、塾長の井波他次郎《たじろう》先生は二十三ですよ。井波先生はここの他にも塾を経営しておられるので、今はそちらで出張講義中です。お手伝いさんもそちらに同行しているので、英語講師の僕が留守番をしているというわけで」

「ああ、なるほど。つまり君――ではない、いや、あなたは、ここの講師として雇われていると」

「いえ、僕はここの寄宿生《きしゆくせい》です。受講料もちゃんと払っていますよ」

「何……？」

なぜ生徒が教える側に回っているのだ。義信が再び当惑すると、鏡太郎は表情を変えないまま答えた。

「僕は基督教系《キリストきょうけい》の学校を出ていますので、英語の読み書きはできるのです。ここには受験に備えて苦手な数学を学びに来たのですが、『お前、英語ができるなら教えてみるか』と言われまして、『別にいいですよ』と引き受けた次第で」

「な、なるほど……」

秀才肌で生真面目な少年のようだが、教える時間があるなら数学の学習に充《あ》てるべきではないのだろうか。義信はそう思ったが、とりあえず黙っておくことにした。

その後、鏡太郎は義信を塾内へと案内し、一昔前の寺子屋を思わせる畳敷きの教室にて、講義の日時や受講料のことを説明した。

一通りを聞いた義信は「むう」と一声唸って黙った。

日程的には問題はないのだが、受講料が思っていたより高かったのである。

と、鏡太郎は義信が黙った理由をすぐに理解したようで、落ち着いた顔のまま「受講料でしたらご相談に応じますよ」と言い足した。心の声を見抜かれてしまった義信が赤面し、正座したまま肩を縮める。

「お恥ずかしい。車夫の稼ぎは乏しいものでして……。で、ご相談と言いますと」

「よくあるのは、お金以外で支払っていただく形ですね。お米や野菜、味噌などを受講料の代わりに収めていただくわけです」

「ふむ。しかし、農家ならともかく俺は車引きですから、出せるものは何も……」

「そうですか」

「人を運んだ時に貰えるものと言ったら、運び賃の他には噂話くらいですし、そんなものではお代になりませんでしょう。お時間を取らせてしまって失礼しました」

英語を学ぶのはいい思い付きだと自負していたが、これは諦めた方が良さそうだ。

そう判断した義信は苦笑しながら一礼し、その直後、目を丸くした。

目の前に正座している鏡太郎の目が、なぜか爛々《らんらん》と輝いていたのだ。

急にどうしたんだと戸惑う義信の前で、鏡太郎は「噂話……」とつぶやき、何かに気付いたようにはっと短く息を吸った。

「……そうか。車屋さんなら毎日大勢の人を乗せますし、運ぶ道中で色々な話を聞くわけですよね」

「え、ええ、まあ……。ですが、お客が車屋に話すことなど、せいぜい他愛もない噂くらいですよ。本当かどうかも分からないような」

「それでいい――いいえ、それがいいのです」

二人しかいない教室に鏡太郎の口早な声が響く。さらに鏡太郎は正座のまま義信ににじり寄り、周りに誰もいないことを確認した上で、口元に手を添えて抑えた声を発した。

「これは相談なのですが」

「な、何でしょうか」

「怪異《かいい》な噂をご存じなら、ぜひ教えていただきたいのです」

「か、『怪異』？」

誰かの秘密を探れとかいう依頼かと思って身構えていた義信が、拍子抜けして問い返す。だが鏡太郎はあくまで真剣な面持ちのまま、確かに首肯した。

「はい、怪異です。怪しい場所、不思議なもの、ありえない事件、化け物、幽霊、妖怪変化……。僕が求めているのはそういう噂です。ああ、昔話ではいけませんよ？　今、この金沢で起きている話が欲しいのです。そういう噂を教えていただければ、場合によっては受講料の支払いを待ちましょう」

「え？」

「そして噂が本当だったなら——つまり、確かめた結果として本当の怪異や神秘に巡り合えたなら、受講料は免除します」

「そ、そんなことができるのですか……？」

「これでも一応講師ですから、その程度の自由は利きます。多分。いかがですか？」

前かがみになった鏡太郎が上気した顔で問いかける。いかがも何も、と義信は思った。商売柄その手の噂ならしょっちゅう聞くし、個人の秘密にかかわる話ならまだしも、信憑性の薄い怪談奇談なら誰に教えても問題はない。

無論、お化けや幽霊が本当にいるとは思えないし、この若い……というかむしろあどけない英語講師がそんな条件を出してきた理由も理解しがたいが、それで受講料に足りるのであれば話は別だ。

というわけで義信が「それでいいのなら是非」とうなずくと、鏡太郎は「こちらこそ！」と力強く応じ、眼鏡越しの目を義信へと向けた。

「では早速一つ」

「いきなりですか」

「入塾料代わりです。さあ」

そう言って促す鏡太郎はすまし顔のままだったが、眼鏡の奥にある双眸は、名前の通り、泉か鏡のように輝いていた。この少年は表情こそ乏しいが、雄弁な目を持っているようだ。義信は気圧されつつ、では、と相槌を打って口を開いた。

「これは先日、花街から帰るお客を乗せた時に聞いた話なのですが……竪町《たてまち》を突っ切ろうとしたら、遠回りをしてくれと言われたんです。理由を聞くと、『黒門屋敷《くろもんやしき》の近くは通りたくない』と」

「『黒門屋敷』？」

「はい。あ、『黒門』というのは俗称で、門が黒いからそう呼ばれているだけだそうで……。元は加賀藩に仕えた武家のお屋敷ですが、今は誰も住んでおらず」

「初めて聞く話ですね。興味深いですが、奇妙ですね。昨今の金沢では、無住の大きな武家屋敷など、どんどん取り壊されているでしょう」

「仰る通りです。そこも開発予定区画なのですが、立ち入るとおかしなことが起きるとか。近隣の住民は皆、怪しいものを見たり、不思議な音を聞いたりしているそうで、『あそこは祟られているので入ってはならない』という話が誰言うともなく広まり、お化けが出ると噂になって工事は進まず」

「『お化け』？　それはつまり化け物ということですね。幽霊ではなく。いいですね」

鏡太郎の目がさらに輝く。冷められるよりはいいのだが、なぜそこで興奮できるのかが義信にはさっぱり分からなかった。

「いいのですかね……？　俺は噂を聞いただけですので詳しいことは知りませんが、そもそも、お化けと幽霊は違うものなのですか？」

「断じて違います。お化けは動植物や器物が化けたもの、あるいは生来不思議な姿形や能力を備えているものを言い、幽霊は死んだ人間が生前の姿で出てくるものを言います。どちらもそれぞれ興味深いですが、ただ、怨恨で出てくる幽霊だけはいただけませんね。ああいうのはつまらない」

「つまらない……」

「はい。たかだか人間風情の気持ち、しかも『恨み』などという個人的な感情で動く幽霊など、陰気なだけで面白くも何ともない。慈愛や恋慕の念で姿を見せる幽霊には興味がありますが、どうせ見るならやはりお化けに限ります。でしょう？」

「『でしょう』と聞かれましても、俺は幽霊にもお化けにも会いたくないのですが」

「見解の相違ですね。まあいいです、では早速参りましょうか」

「え？　参るって、どこへ」

「件の黒門屋敷に決まっているではありませんか。場所はご存じですよね？」

そう言って鏡太郎は腰を浮かせたが、壁に掛かった時計を見て静止してしまった。

「どうしたのです」と義信が問うと、鏡太郎はやるせない顔で溜息を吐いた。

「もうすぐ英語の講義の時間なのです。忘れていました。何なら忘れていたかった」

心底残念そうに言う鏡太郎である。忘れないでほしいと義信は思った。

「あの、こっちは英語の講義を受けに来たわけですから……」

「分かっていますよ。そうだ、せっかくですから受けていかれますか？」

「いいのですか？」

「構いませんよ。今日の課程は初心者向けの二回目ですから、体験入塾にはちょうどいいかと思います」

講義の支度をすべく立ち上がった鏡太郎は、正座したままの義信にそう告げ「黒門屋敷へ行くのは、講義の後ということで」と言い足した。早く現地に行きたくて仕方ないようだ。義信は思わず苦笑しながらうなずき、姿勢を正して頭を下げた。

「では、よろしくお願いいたします、泉先生」

「……『泉先生』？　僕のことですか？」

「え。おかしいでしょうか。これから講義を受けるわけですから……」

「おかしくないですが、慣れないですね。講義をしていても鏡太郎呼ばわりなので」

そう言って鏡太郎は面映ゆいようなむずがゆいような顔になり、義信に向き直った。

「僕からは『武良越さん』と呼べばいいですか？」

「できれば下の名前でお願いします。幕末の文久生まれとしては、未だに苗字というやつにどうも馴染みがなくて……。仲間内からは『義《よし》』とか『義信』と呼ばれていますが」

「なら、『義《よし》さん』とお呼びします。よろしくお願いいたします、義さん」

「こちらこそ。お約束の黒門屋敷には講義の後に必ずお連れしますので」

「はい、是非――あ、いや、それはまずいか。後ほど外で合流することにしましょう。光善寺は分かりますか？　ここから目と鼻の先にあるお寺です。あの本堂の裏手で落ち合いましょう」

「は？　どうしてそんな――」

なぜそんな面倒な手順を踏む必要が。面食らう義信だったが、鏡太郎はその疑問には答えず、「では僕は講義の支度に」と足早に教室を出ていってしまったのだった。

それから間もなく、教室には受講生たちが集まってきた。隠居した老人から商家の若者まで幅広い顔ぶれだったが、いずれも成人した男性だった。

鏡太郎の講義は日常会話を中心にした実用性重視の内容で、教え方も手馴れており、全くの初心者である義信にも分かりやすかった。

義信の隣に座った若者は、芸妓のいる茶屋で働いているんだと自己紹介し、今後は英語を使う客も増えそうなので、店の方針でここに通わされているとも話した。

「うちの旦那が言うには、『お上《かみ》がまたひっくり返ることもなさそうだから、これからは、長い目、広い目で商売しなきゃなんねえ』ってことでな。まさか、この歳になって塾に通う羽目になるとは思ってなかったよ」

面倒そうに若者がぼやき、義信は「なるほど」と苦笑交じりで相槌を打った。

これより十年ほど前までは、明治維新の立役者の一人であった大久保利通《おおくぼとしみち》が暗殺されたり、西南戦争のような大規模な国内紛争が起こったりと、政変の余波のような事件も多かったが、そんな騒がしい時代は既に過去のものとなっていた。

良くも悪くも、しばらく世の中の仕組みが変わることはなさそうだ——と、大半の人々が理解しつつあるのが、明治二十年代という時代であった。

また、若者が言うには、鏡太郎がここで教え始めてもう一年になるとのことだった。それなら慣れているのも道理だが、受験を控えているのなら自分の勉強をした方がいいのではなかろうか。

流暢に講義を進める鏡太郎を見て、義信は再びそう思った。

＊＊＊

講義が終わると、義信は鏡太郎に言われた通り、空の人力車を引いて光善寺へと向かった。

既に日は傾いており、赤みを帯びた夕日が境内《けいだい》の残雪を照らしている。昼から降っていた雪は止んだようだが、肌寒さはいかんともしがたい。本堂の裏手で義信が手をこすり合わせながら待っていると、息を切らせた鏡太郎が走ってきた。なぜか手には油壺を下げている。

「ああ、泉先生。お待ちして――」

「話は後です！」

義信の挨拶を遮りながら鏡太郎は人力車に飛び乗り、「出してください！」と焦った声で告げた。まるで誰かに追われているような剣幕である。わけが分からないまま義信は人力車の支木《しもく》と梶棒《かじぼう》を握り、慌てて駆け出した。

黒門屋敷のある竪町方面に向かいながら、義信は背後を振り返った。大人二人まで座れる大きさの椅子は小柄な鏡太郎には広すぎるようで、手足を大きく広げ、はあはあと深呼吸を繰り返している。

「大丈夫ですか？　一体何があったんです、泉先生⁉」

「お、お気遣いなく……。いつものことです」

「いつものこと？」

「……はい。実は、井波塾は、寄宿生の勝手な外出は禁止なのです……。特に僕は、しょっちゅう出歩くので、先生に目をつけられていまして……もうそろそろ、井波先生のお戻りの時間なので、慌てて抜け出してきたんです……。間一髪でした……！」

「……はあ、それはそれは。にしても、なぜ油壺を」

「これを持っていると、見つかっても、『ランプの油が切れたので買いに出たのです』と言い訳ができるんです」

「な、なるほど……。しかし、ちょうど油が切れたのは幸運でしたね」

「そんなわけないでしょう。油は庭に捨てたんです」

「そんなことをしているから目をつけられるのではないですか？」

「一理ありますね。しかし背に腹は代えられません」

呼吸を整えた鏡太郎が力強く言い切る。そうですか、と適当な相槌を打ちつつ、義信は内心で鏡太郎への評価を改めていた。

最初は秀才肌の生真面目な少年だと思ったが、かなり重度の変わり者のようである。と、そんなことを考えているうちに、人力車は繁華街である香林坊《こうりんぼう》へと差し掛かっていた。目的地である竪町はこの一画を抜けた先だが、人通りの多い街路では車の速度を落とさざるを得ない。義信は歩調を緩め、それにしても、と鏡太郎に話しかけた。

「よく外出されるとのことでしたが、何をそんなに外に出る用事があるのです？」

「ああ、それは――げっ」

鏡太郎がふいに短く唸り、「嫌な相手が……」と小声を漏らした。

同時に、道の先からやってきた少女が鏡太郎に気付いて「あっ！」と声をあげる。

少女の年の頃は、鏡太郎より少し下の十二、三で、纏っているのは涼やかな水色の小袖。いかにも気の強そうな顔立ちで、綺麗に切り揃えた前髪とくっきりした目鼻立ちは日本人形を思わせる。

お使いの途中なのだろう、風呂敷包みを手にした少女は、鏡太郎を見て一瞬嬉しそうに顔をほころばせたが、すぐにムッと眉根を寄せ、車の隣に並んで歩き出した。

「車でお出かけなんて、いい御身分ですねー、鏡太郎さん？」

「これにはわけがあるんだ。瀧《たき》には関係ない」

面倒そうに言いながら鏡太郎が目を逸らす。そんな鏡太郎の横顔を、瀧と呼ばれた少女はじーっと睨みつけた。

「ところで、貸本のお代が溜まってるんですけど」

「……いずれ払う」

「いずれっていつです？　ほんと、しょっちゅう借りに来るくせに、お代はいつもつけ払いなんだから……。うちだって商売なんですからね？」

「借りた本はちゃんと返してるじゃないか」

「貸本は借りたら返すのが当たり前です！」

鏡太郎が漏らした小声に、瀧がきっぱりと切り返す。瀧は貸本屋の娘なのかと義信は気付き、同時に、鏡太郎が足しげく外出する理由をも理解した。

「なるほど。貸本屋通いにご熱心なわけですか」

「そうなんですよ車屋さん！　この人、借りてばっかりで全然払わないんです！」

「『払える時まで待ってあげる』と言ったのは瀧じゃないか」

「た、確かに言ったけど……あのね、鏡太郎さんだから待ってあげてるんですからね!?」

「だから、それについては何度も感謝しているだろう。何を怒っているんだ？」

顔を赤らめた瀧に対し、鏡太郎は平静な顔のまま首を傾げる。瀧は鏡太郎に好意を抱いているようだが、鏡太郎の方にはまるでその気はないらしい。年頃の少年にしては珍しい……などと義信が思っていると、瀧が「どちらに?」と問いかけてきた。

そこで義信が素直に事情を話したところ、瀧は心底呆れかえった。

「まーた『おばけずき』が始まったんですね」

「『おばけずき』……?　また、と言うと、この泉先生は昔からこういう……?」

「はい。昔からこういう人なんです。ほんと、黙って本読んでると可愛いのに」

「大きなお世話だ。お化けが好きで何が悪い」

「悪くないけど変だって言ってるんです。今の時代、古いお化けの本なんか借りていくのは鏡太郎さんくらいですよ?」

「今時、化け物の話など流行らないことくらい、言われなくても知っている。新しい本が出ないんだから、古いものを読むより仕方ないだろう」

「何その開き直り。いつかお化けに呪われても知りませんからね」

「本望だ」

瀧の悪態にきっぱりうなずく鏡太郎である。本気でお化けに呪われたいと願っているとしか思えない断言ぶりに義信は驚いたが、付き合いの長い身にとってはいつものことであるようで、瀧は「はいはい」と適当に受け流し、義信へと視線を向けて頭を下げた。

「変な人ですけど悪い人ではないので、よろしくお願いいたします」

「いえいえ……」

瀧に会釈《えしゃく》を返しつつ、義信は、悪い人ではないけど変な人なのだな、と思った。


やがて義信の人力車は、黒門屋敷のある一画へと辿り着いた。

金沢城の南方に位置するこの一帯は、明治になってから区画整理が進められたようで、表通りには新しい商家が、裏通りには長屋が軒を連ねている。夕日の照らす路地では、まだ家に帰りたくない子どもたちの声が方々から響いていた。

「今打つ鐘《かね》は？」

「四ツの鐘じゃ」

「今打つ鐘は？」

「五ツの鐘じゃ」

「今打つ鐘は？」

「七ツの鐘じゃ！　そりゃ、魔が魅《さ》すぞ！」

鬼役の男児が大きな声をあげるなり、その周囲を囲んでいた子どもたちが、わっ、と騒いで逃げ出していく。一方では、数人の女の子が歌を口ずさみながら手毬《てまり》を突いていた。

「——こーこは、どこの細道じゃ」

「少し通して下さんせ、下さんせ」

「誰方《どなた》が見えても通しません——」

そんな歌声を聞きながら義信の人力車は薄暗い路地を通り抜け、掘割に囲まれた大きな屋敷の前で止まった。

「着きました、泉先生。看板も何もありませんが、ここだと聞いています」

「ありがとうございます。なるほど、黒門屋敷とはよく言ったものですね」

車から降りた鏡太郎が、興味深げに黒塗りの門を見上げる。

かつては威厳のある武家屋敷だったのだろうが、放置されて久しいようで、門扉は傾いで外れており、柱や塀はカビやコケに覆われつつあった。

門の中を覗いてみれば、広い庭には人跡未踏の荒野のように背の高い草が生い茂って立ち枯れており、かさかさと乾いた音を立てながら揺れていた。「これはこれは」と鏡太郎が嬉しそうに言う。

「まるで草の造った迷宮ですね。それに、この不気味な気配……。すぐそこに長屋があるような町中だというのに、敷地が広いおかげで、まるで人里離れた森の中の一軒家のような雰囲気だと思いませんか？」

「確かに……」

鏡太郎に続いて門の内を眺めた義信がうなずく。

土気色の草の奥には、黒塗りの瓦屋根を担いだ屋敷がそびえていた。幾つもの棟を渡り廊下で繋いだ形式の平屋は、住人が暮らしていた頃ならば見応えもあったのだろうが、寒々とした夕空の下で見るその様は、まるで脚を拡げた大きな蜘蛛《くも》の死体のようで、義信はぞっと体を震わせた。

義信はお化けだの幽霊だのの存在は信じていないが、「いるかもしれない」と思ってしまうことはあるし、「本当にいたら怖い」という気持ちも人並みには持ち合わせている。

「なるほど……。これはいかにも出そうですね……」

「ええ、実にいい雰囲気です。では早速」

そう言うなり鏡太郎は無造作に門の敷居をまたぎ、草ぼうぼうの敷地に足を踏み入れた。義信が驚いたのは言うまでもない。

「ちょ、泉先生!?　何を――」

「早くしないと暗くなってしまうじゃないですか」

「そういう問題ではなくて……。言いましたよね、ここには化け物が出るから入ってはいけないと。忘れたのですか?」

「覚えているから来たのです。しかし実際に何が出るのか義さんはご存じなかったわけですから、自分の目で確かめるより仕方ないでしょう。ああ、怖いなら帰っていただいて構いませんよ」

けろりとした口調で言い、鏡太郎は草の中に隠れた飛び石を渡って奥へと歩いていく。小柄な背中が背の高い草に隠れるのを見ながら、義信は青い顔で考えた。

他人の屋敷に無断侵入するのは問題だし、怖い、気味悪い、という思いもある。だが、曰《いわ》くつきの屋敷に十歳以上も年下の少年を置き去りにして帰るというのは、いくらなんでも大人げないのではなかろうか。それに、もしここで鏡太郎に何かあったら、英語の講義も受けられなくなってしまう……。

……誰かに咎《とが》められたら、勝手に入った鏡太郎を止めようとしたのだと言おう。

そう内心でつぶやき、義信は敷居をまたいで黒門屋敷の庭へ侵入した。

水はけが良くないのか、庭の土は泥のようにぬかるんでおり、草でよく見えないが、あちこちに水たまりもあるようだ。義信は飛び石を踏み外さないよう気を付けながら、早足で進んだ。

「泉先生、待ってください……！」

「ああ、来られたんですか」

既に屋敷の玄関を引き開けていた鏡太郎は、義信が追ってきたことに気付いても喜んだり安心したりする素振りすら見せなかった。今は噂の真偽を確かめることが何より大事なようで、「お邪魔します」と言い放ち、下駄を履いたまま屋敷の中へ入っていく。

義信は少し迷ったが、屋敷の中は雨漏りがひどく、床板は腐ったように湿っていたので、下足のまま後を追うことにした。

放置された武家屋敷に灯りが点いているはずもなく、当然ながら屋敷の中は暗く見通しは悪い。天井が高いおかげで暗がりが多く、今にも何かが飛び出してきそうだ。

「い、泉先生？　どちらに……？」

「こっちです、この座敷です」

「この座敷と言われても……。ええと、こちらで――ひっ！」

おずおずと座敷に入るなり、義信は思わず声をあげた。

正面の煤色《すすいろ》の広い壁いっぱいに、袖を広げた巨人の影が浮かび上がっていたのだ。

腐った畳、鏡太郎、そして大柄な義信さえも見下ろすようなその姿に、義信はぞっと青ざめたが、そこに鏡太郎の冷静な声が響いた。

「怯《おび》えることはありません。ただの雨漏りの跡ですよ」

「あ、雨漏り……？」

「ほら、天井を見てください。水を掛けたら墨汁《ぼくじゅう》が垂れてきそうなほどに黒ずんでいるでしょう？　天井があの様子なのですから、壁に染みもできますよ。下から上がってきた水気のおかげもあって、こんな影が浮き上がったものでしょう」

「……なるほど。つまりこれが、黒門屋敷の化け物の正体……」

「そうだとしたら、受講料の免除はできかねますね」

しれっとした顔で言うと、鏡太郎は外れた障子《しょうじ》をまたいで奥へと進んだ。まだまだ帰るつもりはないようで、仕方なく義信も後に続く。

それからしばらく鏡太郎は、無言で黒門屋敷の探索を続けた。空き部屋を覗き込んでみたり、戸板を叩いたり、床や天井をまじまじと眺めてみたりする鏡太郎を、義信は不安な顔で見守り続けた。

幸いにもと言うべきか、残念ながらと言うべきか、不思議なことは何も起こらなかったが、外から差し込む夕日はどんどん細くなり、義信の不安感を募らせていく。だが鏡太郎の方は怖がる気配はまるでなく、座敷を通り抜けて縁側に出ると、草ぼうぼうの中庭を前にして目を細めた。

「見てください、義さん。あれは井戸ではありませんか？」

「それが何か……？　これだけ広い屋敷なら、井戸の一つや二つあるでしょう」

「そうではなくて、呪われた武家屋敷の井戸と言えば怪談の原因の定番ではないですか。皿屋敷《さらやしき》はさすがにご存じですよね」

「ああ、あの、『いちまーい、にまーい』と皿を数えるという」

「それです。家宝の皿を割った罪を着せられた女性が殺されて井戸に投げ込まれ、皿を数える幽霊が出るようになり、色々あってお家断絶という、あれです。恨みの念を抱えた幽霊は好みではありませんが、家を丸ごと滅ぼしてしまう強さはなかなかいいですよね」

そう言いながら、鏡太郎はぬかるんだ地面に躊躇《ちゅうちょ》なく飛び降りた。古井戸に歩み寄りながら鏡太郎が続ける。

「それに、この金沢はご存じのように皿屋敷伝承の多い土地」

「存じませんが……そうなのですか？」

「金沢の怪談の定番といえば皿屋敷ですよ。あとは化け物屋敷と飴買い幽霊ですね」

「飴買い幽霊と言うと」

「『子育て幽霊』という名でも知られる話です。懐妊したまま亡くなった若い母親が、埋葬後に土中で産んだ我が子を育てるために、毎晩飴を買いに来るという、あれです。具体的には」

「け、結構です。こんなところでそんな話は聞きたくないので」

「怖いのですか、義さん？　大丈夫ですよ。子育て幽霊は人に害を為しません」

「そういうことではなく……」

「あの、もし……？」

唐突に、女性の抑えた声が、義信と鏡太郎の耳に届いた。

瞬間、義信の背筋にぞっと悪寒が走りぬけた。義信が弾かれたように振り返ると、濡れ縁の端に、長い髪で細身の娘が一人、赤ん坊を抱いて立っていた。

年齢は二十歳前後、継ぎの当たった粗末な着物を纏い、抱えた赤子はすやすやと寝息を立てている。じっとこちらを見つめられた義信が怯えたのは言うまでもない。

「こっ、子育て幽霊……！」

「え。幽霊……？　私のことですか……？」

震えた義信の発した一声に女性がきょとんと目を丸くする。それを聞いた鏡太郎は、咎めるように義信を睨んだ。

「義さん、失礼ですよ。子育て幽霊は赤子を抱えて現れません。それでは産女《うぶめ》になってしまう」

よく分からないことを言いながら鏡太郎は女性に近づき、深々と頭を下げた。

「連れの者が失礼なことを申しました。僕が代わってお詫びいたします。いやはやまったく、貴女のように端麗で美しい方をつかまえて幽霊だなどと……。その顔《かんばせ》の目に優しいこと、聖母か天女かと思いました」

「え？　い、いいえ、私はそんな大層なものでは……。私は裏の長屋の住人で、葉《よう》と申します」

つらつらと並べられた褒め言葉に、赤ん坊を抱いた娘が面食らう。

そのやりとりを眺め、義信は二つのことを理解した。

一つ、女性は幽霊でも何でもない、普通の生身の人間であること。そしてもう一つ、鏡太郎は瀧のような年の近い娘には冷淡なくせに、年上の女性に対しては決してそうではないらしいこと。

葉と名乗った娘は、困惑しつつも「誰も住んでいないはずのお屋敷で音が聞こえて、様子を見てこいと父が申しましたもので」と語った。そこで鏡太郎と義信が訪問の目的を話すと、葉の顔色がさっと変わった。

「何と恐ろしいことを……！　この黒門屋敷は、巷《ちまた》によくある不確かな怪談話の舞台とは違います……。ここは、ほ、本当に出るのでございます……！」

青ざめた葉が眠る赤子をぎゅっと抱きしめる。その真剣な表情に、鏡太郎と義信は顔を見合わせた。

既に日は落ち、あたりはいっそう暗くなってきている。灯りがなくてはこれ以上の探索は無理だ。さらに、葉が「黒門屋敷の噂なら自分の父がよく知っている」と話したので、二人はすぐ近所の葉の家へと移動し、詳しい話を聞くことにした。

葉の家は、黒門屋敷のすぐ裏手の路地に面した長屋だった。

葉は、年上の夫がいたが結婚してすぐに西南戦争で戦死し、それ以来縫物や子守りで生計を立てているのだと語り、奥の間に寝ていた父を鏡太郎たちに紹介した。

玄関側の部屋に出てきた葉の父は、痩身に継ぎだらけの着物を纏って髭を伸ばした老人で、「小次郎《こじろう》と申す」と名乗り、しわがれた声で黒門屋敷の謂《いわ》れを話し始めた。

「今でこそ黒門屋敷などと呼ばれておるが、あれは元々、秋谷家のお屋敷じゃった……。車夫殿は秋谷家をご存じかな」

「いえ、私はこの金沢の生まれではないもので……。泉先生は」

「お名前くらいは存じていますよ。かつての藩主、前田家に仕えた名門の一つですね。加賀八家に継ぐ地位だったとか」

「そうじゃ。戊辰戦争の折、前田のお殿様は新政府に与《くみ》されたが、秋谷家の最後のご当主はそれを良しとされなんだ。『徳川家の恩に報いずして何が武士か』と出奔され、お家は断絶してしもうたそうなのじゃ」

「なるほど……。それ以来、怪しいことが起きるようになったというわけですか」

「いや、化け物はその前から出ておったと聞く」

義信の問いかけに小次郎老人が細い首を横に振る。それを聞くなり、鏡太郎は「ほう！」と興味深げな声を発した。正座したまま身を乗り出した鏡太郎が見つめる先で、小次郎老人が先を続ける。

「わしが若い頃に聞いた話では、数代前の秋谷家の御当主様はひどく怒りっぽいお方でな……。ある日ご乱心され、女中を切り殺して中庭の空井戸に放り込み、それからというもの、あの屋敷では怪しいことが起きるようになったそうじゃ」

「女中を殺して……。それではまるで、皿屋敷ではありませんか」

先ほど聞いたばかりの話を思い出した義信の顔が青くなる。一方、鏡太郎は軽く眉をひそめ、自問するように小声を漏らした。

「『空井戸』……？」

「そう聞いておる。それが何か？」

「いえ、何でもありません。続けてください」

「うむ。秋谷家の方々がお住まいだった頃は、変事は井戸の周りだけで起こっておったそうじゃが、明治に入り、無住の屋敷となってからは、敷地全てが化け物の縄張りとなってしもうた」

「『なってしもうた』と言い切られましたね。実際に体験されたわけですか？」

「このあたりに住んでおる者は皆、屋敷から響く、恨めしげな呻《うめ》き声や泣き声を聞いておる。それだけではないぞ？　数年前、県の方針とかで、屋敷を取り壊すことが決まり、このあたりから人手が集められたのじゃが……。葉、聞かせてやれ」

「はい」

　預かっている赤ん坊を部屋の隅で寝かしつけていた葉が応じた。「失礼します」と小次郎老人の脇に座った葉が、期待に目を輝かせる鏡太郎と、眉をひそめたままの義信に向き直って口を開く。

「あの時は、私も微力ながら手伝いに加わっておりました……。ご存じの通り、あのお屋敷は昼でも暗うございます。そこでランプを持って中に入ったところ、急にランプが宙に浮かび、その中から炎が噴き出したのです……！　真っ赤な炎は部屋中に広がって――」

「炎が部屋中に？　貴女はご無事だったのですか？」

「ええ……。不思議なことに、火傷をした者はいませんでした。幻だったのでしょうが、あの時は本当に恐ろしかった……」

　そう言って葉は、やつれた顔で溜息を吐いた。

「後で聞いた話では、他の部屋では畳が舞い上がったそうですし、逆さになった女の生首が暗がりで笑っているのを見た方もおられます。こんなところに長居したら取り殺されると誰もが思い、解体は中止となりました」

「な、なるほど……。それが賢明でしょうね」

「車夫様の仰る通りです……。それからも、何度か人が入りましたが、その度に怪事が起こりました。庭石に目と脚が生えて蟹《かに》のように這い回ったり、天井に浮かんだ老婆の顔が長い舌を伸ばしたり……。庭に下りようとしたら足の裏にぐにゃっと冷たい感触があり、足下を見ると青白い坊主の死体の腹を踏んでいた……という話も聞いています」

「そ、それは何とも恐ろしい……！」

幻の炎や笑う生首も怖いが、坊主の死体を踏んでしまうというのは、感触が想像できるだけに気味が悪い。義信はぞっと背筋を震わせたが、その直後、隣に座っている鏡太郎を見やって戸惑った。

ついさっきまで興味津々だった鏡太郎の表情が、いつの間にか冷めきっていたのだ。上気していた顔の色も前のめりだった姿勢も元に戻ってしまっている。どうしたのです、と義信は問おうとしたが、それより先に鏡太郎が口を開いていた。

「なるほど。興味深いお話ですが、それは全て本当のことですか？」

「う、疑われるのですか……？」

「それはそうでしょう。僕も葉さんのような素敵な方を嘘吐きだと思いたくはありませんが、いずれも常識で考えてありえないことばかり。疑ってしまうのも無理からぬことでしょう。明確な証拠でもあれば別ですが」

「証拠なんて、そんな――」

「お葉さんは嘘なんか言ってねえ！」

突然、荒っぽい声が割り込んだ。

路地に面した玄関を開けて口を挟んできたのは、半纏に鉢巻姿の若者だった。仕事帰りの大工か職人なのだろう、道具箱を下げたその若者を見るなり、葉がほっと安堵する。

鏡太郎が「どなたで？」と問うと、若者は眉を吊り上げ、鏡太郎を睨み返した。

「どなたもこなたもねえや。この長屋の住人の明《あきら》ってんだ。こんな小さな長屋に狭い路地だ、中で話してることなんざ聞こうとしなくても聞こえちまうんだが、お前ら、あんまりお葉さんを困らせるんじゃねえぞ。黒門屋敷にゃ、ほんとに出るんだ！　俺がいくらでも証言してやらあ！」

「と言われますと、あなたも？」

「おうよ！　何を隠そう、青坊主の死体を踏んづけたのがこの俺よ。あの時ほど怖い思いをしたことはねえ。あの足の裏のぐにゃっとした感触、今でも夢に見るほどだ。それでも信じねえってんなら、もっと証人を集めてやらあ。何せ、この一帯に住んでいる貧乏人は皆、一度や二度はお屋敷取り壊しの手伝いに雇われてるんだ。つまり」

「皆さん、実際に怪事を体験しておられる」

「先に言うんじゃねえよ。でもまあ、そういうことだ！　分かったか？　分かったらとっとと帰りやがれ！」

明が鏡太郎に向かって勢いよく言い放つ。と、鏡太郎はほんの少しだけ思案した後、こくりとうなずいて腰を上げた。

「分かりました。葉さん、小次郎さん、それに明さん、貴重なお話をありがとうございました。僕らはこれで失礼いたします」

「そ、そうですか……。何のお構いもできずに」

「いえ、急にお邪魔してお騒がせしました。では僕らは――っと、そうだ、あと一つだけ。切られた女中が投げ込まれたという中庭の空井戸ですが、お屋敷が無人になった後、井戸の中を覗いた方はおられますか？」

その質問を鏡太郎が口にした途端、小次郎と葉、明の顔色が変わった。

真っ青になった長屋の住人たちが顔を見合わせ、その三人を代表するかのように小次郎が首を横に振る。

「おるわけがなかろう……！　あの空井戸こそ全ての元凶！　覗き込んだら、どんな恐ろしい目に遭うか分かったものではない……！」

「つまり誰も見ていないし、見てもいけない――と。なるほど。大変よく分かりました。ありがとうございます。では帰りましょうか、義さん」

しれっとした様子で頭を下げた鏡太郎が、座ったままだった義信を促す。

元より義信にはこの長屋にも化け物屋敷にも用はないわけで、鏡太郎がそう言うのなら長居する理由はない。しかし泉先生はこれで満足してくれたのだろうか……と訝《いぶか》りながら義信は立ち上がり、かくして二人は黒門屋敷裏の長屋を後にしたのだった。

長屋で話を聞いている間に、あたりは道行く人の顔を判別できないほどに暗くなっていた。

鏡太郎は歩いて塾まで帰れると言ったが、義信は人力車で送ることにした。この少年をここに連れてきたのは自分だし、さっきの話を聞いた直後、一人で夜道を行くのはどうにも心細かったからだ。

鏡太郎は背もたれに体重を預け、無言で車に揺られている。その冷めた顔を一瞥《いちべつ》し、義信は「泉先生」と声を掛けた。

「とんだところにお連れしてしまいまして……。いや、まあ、先生の望み通りと言えばそうなのですが」

「『望み通り』？　……ああ、義さんはそう思ったわけですか」

ぼんやりと光る街灯を眺めながら、鏡太郎がそっけなく切り返す。その反応に義信は「え?」と振り返った。

「どういうことです？　俺も商売柄色々な人に会ってきましたが、先の長屋の方々の口ぶりは、嘘を吐いているようには思えませんでした。それに、あの明という若いのが言っていたではないですか。証人はもっと集められる、と。一人二人ならまだしも、仕事も年頃も異なる大人が大勢で口裏を合わせるとは思えません。泉先生はデマやいたずらだとお考えなのですか？」

「まあ確かに、あの屋敷に仕掛けの類は一切ありませんでしたね。それは認めます」

　腕を組んだ鏡太郎がやるせない声で告げる。鏡太郎が屋敷の中でやたらきょろきょろしていたのは、化け物を出せるような仕掛けを探していたかららしい。義信はこの少年の好奇心と観察眼に改めて舌を巻き、同時に大きく首を捻った。

　仕掛けの痕跡があったなら気落ちするのも分かるが、なかったのになぜそんなに冷めているのだ。訝りながらも義信は言葉を重ねる。

「それで先生、俺の受講料のことですが……」

「え？　……ああ、そうか。本物だったら受講料は免除する約束でしたね。正直なところ、このまま忘れてしまいたい気持ちもあるのですが……でも、義さんの受講料の件がある以上、真偽を確かめないわけにもいかないか……」

　自分自身に問いかけるように——あるいは促すように——言うと、鏡太郎は「うん」ときっぱりうなずき、よく通る声を発した。

「義さん。黒門屋敷の祟りの真相を確かめるため、一つ頼まれてくれますか？」

「俺にできることでしたら」

「簡単なお使いです。あの長屋の葉さんか小次郎さんに——そうですね、四日後の今日と同じ刻限に、僕が再び黒門屋敷を調べに行くと伝えていただきたいのです」

「四日後？　つまり先生はまたあのお屋敷へ……？」

「乗り掛かった舟ですから。義さんも同行していただけると助かります。それと、今度は井戸の中を確かめるつもりだということを必ず伝えておいてください」

「い、井戸の中を……？　いやしかし、そこが祟りの元凶なのでしょう？　覗いてはいけないと、あのご老人も口を酸っぱくして言っていたではありませんか。そんなことを予告したら、皆、こぞって止めようとするに違いなく——」

「頼みましたよ」

慌てふためく義信の声に、鏡太郎の落ち着いた声が被さり、打ち消す。

それきり鏡太郎は腕を組んで黙り込み、寄宿先の塾に着くまで何も言わなかった。

＊＊＊

鏡太郎の思惑はよく分からなかったが、義信は翌日の仕事中に黒門屋敷裏の長屋に立ち寄り、子守り中だった葉に鏡太郎の言葉を伝えた。

さらに三日後、事前に予告した通りの日時に義信が鏡太郎を連れて黒門屋敷を再訪したところ、崩れかけた門の前には、小次郎や葉や明を始めとした粗末な身なりの老若男女が二十人ばかり集まっていた。

義信の人力車に気付いた明が「来たぞ！」と叫ぶと、その周りの者たちは血走った目を義信と鏡太郎に向けた。杖を突いた小次郎が震える声を鏡太郎に投げかける。

「そこの車夫から聞いたぞ！　お主、本気で、井戸の中を確かめるつもりか？」

「ええ。そのつもりですが」

「ならん！　わしの話を忘れたか！　黒門屋敷は祟られており、井戸こそがその祟りの源！　井戸を覗いてはならんのじゃ……！　のう、皆の衆？」

「そうだ！　この屋敷には、本当に出るんだ！　言ったろう、俺は坊主を踏んづけた！」

「俺は蟹みたいに歩く庭石を見た！」

「私は天井に浮き出た大きな老婆の顔に舐められた」

「わしは畳に追い回された……！」

「私らはね、他に行き場なんてありゃしないから、ずっとここに住むしかないんだ！　余計なことをしてくれて、化け物が屋敷から出てきたら、どうしてくれるのさ！」

「そうだそうだ！」

小次郎にまず明が呼応し、その周りの男女が続く。

集まった者たちはいずれも長屋や近隣の住民のようだったが、その顔色は一様に青ざめており、本気で恐怖しているのは一目瞭然だった。無理やり屋敷に立ち入ろうとしたら一斉に殴りかかってきそうな剣幕で、とても井戸を確かめに行ける状況ではない。車を停めた義信は、困った顔を鏡太郎に向けた。

「泉先生、これは帰った方がいいのでは……。先に言っておきますけど、俺は荒事はからっきしですよ？」

「大丈夫。思っていた通りです」

不安がる義信に鏡太郎は平静な口調で告げ、人力車から降りると、黒門屋敷を取り巻く人々を前にして口を開いた。

「なるほど。皆さん、ここは本当に祟られていて、立ち入ると本当に怪しいものが出ると主張されるわけですね」

「そうじゃ！」

きっぱりうなずいたのは小次郎である。震える老身は杖一本では支えきれないのだろう、娘の葉の手を借りて立つ老人は、殺気立つ住民たちを見回し、落ち着いた顔の少年へと向き直った。

「四日前にも言うたじゃろうが！　切られて井戸に放り込まれた女中の祟りがあると

……！　誰も住まんようになってからは祟りは屋敷中に広がり」

「屋敷の敷地全体に化け物が跋扈《ばっこ》するようになった」

「そうじゃ！」

「……という作り話を、皆さんで共有しているのですよね？」

鏡太郎が穏やかな声で問いかける。

その質問が響いた瞬間、ざわついていた街路は、水を打ったように静まり返った。小次郎や葉や明、周囲の住民たちも皆、目を丸くして黙り込んでしまい、鏡太郎は「やはり」と言いたげに小さくうなずく。

何が何だか分からないのは義信である。困惑した義信は、傍《かたわ》らに立つ小柄な少年を見下ろした。

「泉先生、これは一体……？　今のはどういうことです？『作り話を共有』とは」

「そのままの意味ですよ」

どこか寂しそうに鏡太郎が言う。さらに鏡太郎は「僕が話すより、この方たちが説明してくれた方が早いのですが」と肩をすくめた後、話し始めた。

「そもそも、怪談奇談には土地柄というものがあります。全国津々浦々に伝わるような話でも、土地ごとにそれぞれの特徴があり、この金沢だって例外ではありません。それを踏まえて考えれば、ここの化け物屋敷の噂は明らかに不自然でした」

「不自然？　しかし泉先生、金沢では化け物屋敷は定番の怪談なのでは？　それに皿屋敷や飴買い幽霊の話だって幾つもあると――」

「確かにあります。ですけど義さん、この町では古来、化け物屋敷は化け物屋敷で、皿屋敷は皿屋敷、飴買い幽霊は飴買い幽霊なのですよ。混ざることはないんです。飴買い幽霊の舞台は、立像寺、道入寺、光覚寺、西方寺に妙立寺、皿屋敷は出羽《でわ》一番丁、それにその他五、六か所と、場所もしっかり定まっています。また、化け物屋敷で起こる怪異の種類はそう多くなく、原因は主に猫か貉《むじな》であることがほとんどです。法船寺を荒らした大鼠や大乗寺の井戸から出た蟹坊主などの例外も伝わってはいますが、それらの舞台は基本的にお寺です。民間人の屋敷に出るのは」

「猫か貉、というわけですか」

「そうです。小立野《こだつの》の横目屋敷の家具を次々に消し去った老猫や、出羽町で夜毎に戸を開けた『よもぎ猫』の話を聞かれたことはありませんか？　堂形前の吉田家の三兄弟に退治された大貉や、藤田家で枕返しの怪異を起こした貉の話は？」

「いや、どれも初耳ですが……」

　素直に返答しつつ、義信は、貸本屋の娘の瀧が口にしていた「おばけずき」というあだ名の意味を痛感していた。この少年は本当にお化けのことが大好きで、異様にお化けに詳しいのだ。同意を得られなかった鏡太郎が嘆息する。

「そうですか。残念です」

「す、すみません……」

「お気遣いなく。慣れていますので。ともかく僕も、ここで起こる怪異が一、二種類で、貉か猫、せめて百歩譲って狐や蛇の仕業と聞かされていたならば信じたかもしれません。ですけど、古い武家屋敷で女中の祟りでランプが火を吹き、逆さになった女の生首が現れ、青入道の腹を踏んづけたなどという話は、あまりに不自然なんです。少なくとも、金沢に古くからある話では、絶対にありえない」

鏡太郎のきっぱりとした明言が黒門屋敷の前に響いた。

小次郎たちは依然として無言のままだったが、ついさっきまで黒門屋敷に立ち入らせまいとしていた時と比べると顔色が明確に変わっており、狼狽《ろうばい》しているのが分かる。信じがたいが、彼らが作り話を共有していたというのは本当のようだな……と義信は思った。「お気持ちは分かります」と鏡太郎が続ける。

「なるべく怖がってほしいし、証言者も増やしたいと思って話を膨らませたのでしょう。ですが、元からある話をそのまま使ったのはいただけません……。参考にされたのはこれですよね？」

そう言って鏡太郎が懐から取り出したのは、古びた和綴じの本だった。

平田《ひらた》篤胤《あつたね》著「稲生物怪録《いのうもののけろく》」。

　そう題された本を見るなり、小次郎は「あっ」と声を漏らした。大事な手掛かりのようだが、無学な義信にとっては初めて見る書物である。

「泉先生、その本は……」

「江戸時代の中頃、広島県は三次《みよし》にて、十六歳の少年・稲生平太郎が連日体験した無数の怪事についての書物です。様々な形で刊行されており、僕が最初に読んだのは『稲亭物怪録』という題でした。なかなか興味深い内容で、他では見られない化け物が次々出てくるのです」

「と言うと」

「激しく燃え上がる灯火、逆さになった女の生首、脚を生やして蟹のように這いまわる庭石、天井に浮かぶ老婆の顔、腹を踏ませる青白い坊主などですね」

「……え。待ってください泉先生！　それは全部――」

「はい。この黒門屋敷で起こった……いいえ、『起こったとされる』怪事ばかりです。今の反応からすると、小次郎さんがこの『稲生物怪録』を参考にして怪談話を作り、それを皆さんに周知して共有したのでしょう。ここではこういうことがあったのだと口裏を合わせよう――と」

「そ、そうなのですか、小次郎さん……？」

　義信が見つめても、痩せた老人、それに周囲の葉や明は何も言おうとしなかったが、この期に及んで沈黙するのは肯定するのとほぼ変わらない。「しかし、なぜ」と義信が重ねて問うと、それに答えたのもやはり鏡太郎だった。

「動機も概ね見当は付いています。もし間違っていたら正していただきたいのですが……今お集まりの皆さん――つまり、黒門屋敷の周りにお住まいの方々は、秋谷家のかつてのご家来衆か、そのご子孫なのではありませんか？」

「――あっ！」

口元をはっと押さえたのは葉だった。どうやら図星のようだ。ですよね、と言いたげに鏡太郎がうなずき、言葉を続ける。

「この町に馴染みのない義さんはご存じないかもしれませんが、城下町として栄えてきた金沢には『小城下町』とでも言うべき区画が方々にあります。……いえ、あったのです。お城の周りに家臣の屋敷が並ぶように、重臣の屋敷の周りに、その家来たちの家が並ぶわけです。ここにおられる皆さんは、主家が断絶し、武士の身分や収入を失ってもなお、先祖伝来の土地に住むことを選ばれたのでしょう」

「なるほど……。あ、いや、しかし、それと怪談話のでっちあげがどう繋がるのです？　なぜ作り話で口裏を合わせる必要が……？」

「このお屋敷に誰も立ち入らせないため。ひいては、井戸の中を改めさせないため。そうですね、小次郎さん？」

「……言えん」

葉や明が心配そうに見つめる先で、小次郎が苦渋の顔で言い放つ。

作り話だと見抜かれてもなお、何も話すつもりはないようだ。だが鏡太郎が次の言葉を口にした途端、意固地だった小次郎の顔色がさっと変わった。

「お座敷の文箱に、天王寺《てんのうじ》派の檄文《げきぶん》の試し書きが残されていましたよ」

「な……！」

愕然《がくぜん》とした小次郎が大きく目を見開き、その体がガクガクと震え出す。聞き慣れない名前に義信は思わず口を挟んでいた。

「泉先生、天王寺派とは」

「さすがに紀尾井町《きおいちょう》事件はご存じですよね？　十年前、明治維新の立役者の一人と言われた大久保利通卿が、過激派士族に暗殺された事件です。僕はまだ小さかったので覚えていませんが、当時は相当騒がれたとか」

「ええ、それはさすがに覚えています。さんざん報道されましたし、本にもなっていましたから――しかし」

「その犯人が属していた集団が天王寺派です」

「え？　あ――そうか！　あの事件の犯人たちの出身地は、この加賀……！」

「そうです。ちなみに天王寺派の名前は、金沢の寺町にあるお寺が由来です。おそらく、この秋谷家の最後のご当主は、明治の世を認められず、武士の世をもう一度と願って、天王寺派に与されたのではありませんか？」

落ち着いた表情と声のまま鏡太郎が問いかける。

眼鏡越しの視線を向けられた老人は、観念するように「ああ……！」と一声唸ったかと思うと、娘や近隣の住民たちを見回した後、背筋を伸ばして頭を下げた。

「――ご明察にございます」

そう言って礼をする小次郎の姿は実に堂々としており、二十年前までは立派な武士だったのだろうな、と義信は思った。


その後、小次郎は鏡太郎たちに全てを語って聞かせた。

曰く、秋谷家の最後の当主は、鏡太郎の見立て通り、新政府をひどく憎んでおり、小次郎ら元家臣たちの制止も聞かずに天王寺派の一員になってしまった。要人の暗殺を目論《もくろ》んで上京した当主はそれきり行方不明で、風の噂では、仲間割れの結果、同志に切られたのだという。

それを伝え聞いた小次郎らは、かつての主人の冥福を祈り、そして頭を抱えた。

秋谷家の屋敷の空井戸には、過激派士族たちが新政府に一泡吹かせるために集めた火薬が大量に残されていることを知っていたからである。

維新直後の混乱期ならまだしも、今になって「政府転覆のための火薬を貯蔵していました」などと名乗り出たなら、主家の名に泥を塗ることになってしまうし、知っていて黙っていた者が罰せられるのは必定《ひつじょう》だ。火薬を持ち出して処分することも考えたものの、周りを市街に囲まれたこの土地では、どうやっても人目についてしまう。

そんなある時、県の職員が無人の屋敷の立ち入り調査にやってきたが、切羽詰まった小次郎が「ここは祟られているので入ってはいけない」と話したところ、意外なことに、職員たちはそれを信じた。

言った小次郎も驚いたが、一度口にしてしまったからには、祟りは実在するのだと言い続けるより他はなかった。

幸い、屋敷の周りには、他に行き先がなかったり、土地に愛着があったりといった理由で、かつて同じ家に仕えた家来の仲間が大勢住んでいた。かくして一同は、秘密を共有した同志となり、小次郎が「稲生物怪録」を参考にして膨らませた話をもっともらしく吹聴し、黒門屋敷を守ることにしたのであった……。

長い告白を聞き終えた義信は、「何と……」と声を漏らしていた。

そんな真相が隠されていたとは思いもしなかったが、何より驚かされたのは、話を聞いただけで作り話と気付いた鏡太郎の慧眼《けいがん》と知識だ。義信がそのことを褒めると、小柄で年若い英語講師は、面映ゆそうに頰を薄赤く染め、無言で目を逸らしてしまった。

　どうやら照れているようだ。無表情な少年だが、こういうところは可愛げがある。義信は思わず微笑み、その上で小次郎や葉に向き直った。

「しかし皆さん、これからどうされるのです……？　事情は分かりましたが、いつまでも隠せるものではないでしょう」

「そ、それは分かっておりますが……」

「心配しなくていいのではないですか？」

　不安そうにうつむく葉に鏡太郎が声を掛ける。そのあっけらかんとした一言に、葉だけでなく全員が首を捻ったのは言うまでもない。一同の視線が集まる中、鏡太郎は「僕の推測ですが」と何かを言おうとしたが、すぐに口をつぐみ、門に向かって歩き出した。

「まあ、実際に見た方が早いですね。よろしければ、皆さんもご一緒に」

　首を傾げたままぞろぞろと黒門屋敷に入った一同は、鏡太郎に促されるままに中庭の井戸を覗き込み、そして、一様に目を丸くした。

　空井戸の中には火薬の袋は一つも見当たらず、しかもそこには滔々と水が流れていたのである。

義信も驚いたが、小次郎らの驚きようはそれ以上だった。

「か、火薬がない……!? いや、そもそも、ここは空井戸だったはずでは……!」

「この十年ばかりの間に、地下水の流れが変わったんでしょう。明治になってからこっち、町のそこらじゅうで工事をしていますからね。お堀は埋められ、水路は拡張され、あるいは流れを変えられる……。地上がそんな有様ですから、地下水だって影響を受けます。元々井戸があったということは、地下に川があったわけですから、そこに水が戻っても何の不思議もありません」

驚嘆する大人たちを尻目に、平静な顔で鏡太郎が解説する。さらに鏡太郎は「最初に空井戸と聞いた時、おかしいとは思ったのですよね」と続けた。

「昔は空井戸だったとしても、今は水が戻っているのではないか、と。庭も屋敷もこれだけ湿っているわけですから」

「なるほど、言われてみれば……。ということは泉先生、ここにあった火薬は」

「どこかに押し流されてしまったんでしょう。これも推測ですけれど、火薬は小さな袋に小分けにされていたのではありませんか？ 天王寺派は決して大きな勢力ではなかったと聞きますから、持ち運びしやすいように」

「仰る通りです……。井戸の底をさらえば少しは残っているかもしれませんが、そもそも水が染みた火薬など泥と同じ。何の使い道もありません。しかし……であれば、我々は……ずっと、何を守っていたのか……」

老武士の顔を取り戻した小次郎が大きく息を吐き、葉や明が頭を振る。

十年近くも続けてきたことが徒労だったと知らされたのだから、その落胆はどれほど大きいことだろう。

義信はどう言葉を掛けていいのか分からなかった。鏡太郎も軽く眉をひそめたまま黙っていたが、ややあって、おずおずと声を発した。

「――役目を果たし終えた、と考えるのはどうでしょう」

「えっ？」

「ああ、すみません葉さん。明治生まれの子どもが何を偉そうにとお思いでしょうが……でも、明治になってもう二十一年です。皆さんはそれほど長く、かつての御主家の名誉を守ってこられたのですから、当主様も満足されたのではないでしょうか。それに、県が無人の屋敷をいつまでも放っておくとは思えません。近々開発も始まるでしょうし……。これからは皆さん、ご自分の人生を生きられればいいのではないですか？」

「自分の――人生を……」

そう言うと、葉は隣に立っていた明と顔を見合わせた。はい、と鏡太郎がうなずくと、そこに明が口を挟んだ。

「だ、だけどよ。昨日まで祟られてた屋敷から、急に化け物がいなくなったら、それこそ変に思われるんじゃねえか?」

「だったら何か理由を作ればいいのでは? お話を共有されるのはお得意でしょう」

「まあ、そうだが……急に話って言われてもよ。どんなのだよ」

「そうですね」

明に相槌を打った鏡太郎は何かを探すようにあたりを見回し、そして朽ちかけた塀へと目をやった。子どもたちが路地で遊んでいるのだろう、先日も聞こえた手毬唄が塀の向こうから響いている。それに耳を傾けた鏡太郎がうなずき、一同へと振り返る。

「なら、殺された女中があたりかまわず祟っていると思われていたが、実は女の霊が誰かを待ち続けていただけで、その待ち人がついにやってきたので成仏《じょうぶつ》した……というのはどうでしょう。訪ねてきたのは旅の若い僧。幼い頃に別れた美しい乳母に巡り合うべく、耳に残る手毬唄を頼りに旅を続けていて、この屋敷にいた霊こそがその乳母だった」

「よくそんなにスラスラ出てくるなあ……。それで?」

「立派に育った僧を見て女の霊は感涙にむせぶのです。女の霊が涙を流すと、古井戸から水が溢れ、流れた水におぼろ月の光が照り返す中、女は雲の中へと消えていき、かくして屋敷は静かになった……」

そこまでを一息に語り終えると、鏡太郎は聴衆たちを見回し、顔を赤らめた。

「……ちょっと、芝居がかりすぎたでしょうか。すみません、こんな話ばかり読んでいるもので、つい」

「いえ。とても綺麗なお話だと思います」

葉がにこりと笑う。初めて見せる微笑みは美しくもたおやかで、義信は思わずどきりとした。笑みを向けられた鏡太郎はその頬を嬉しそうに上気させた後、視線を葉から草ぼうぼうの庭へと向け、「もっとも」と続けた。

「なぜか知らないけれど化け物は消えてしまった、だけでも充分だとは思いますよ、僕は。化け物の道理など人間には分かるものではありません。化け物たちにしてみれば、こっちはこっちの理屈と気持ちで生きていて、人間の邪魔をしないように気を遣ってさえいるのに、勝手に人間がこっちを見て驚きやがるんだ、といった具合でしょうし……」

そこで一旦言葉を区切り、鏡太郎は夕日の照らす黒い屋敷を見やった。

ついさっきまでは化け物屋敷だったのに、今となってはただの荒れた汚い建物にしか見えない古屋敷が、立ち枯れた草の中に佇《たたず》んでいる。その様を寂しげに眺めた鏡太郎は、誰に言うともなく、抑えた声でこう付け足した。

「……僕は、化け物には、そんな風にあってほしいのです」

＊＊＊

「いや、お見事でした、泉先生！」

夕暮れ時の香林坊を私塾に向かって人力車を引きながら、義信は大きな声で感嘆した。後ろの座席の鏡太郎がうんざりした顔で言う。

「もう分かりましたよ。何度褒めるんですか」

「これは失敬。でも、感激したのは本当ですから！　先生の知識にも、それに、その観察眼にも！　俺もあの屋敷は見て回りましたが、天王寺派の檄文の試し書きなど、全く気付いていませんでした」

「それはそうでしょう。そんなものどこにも存在しません」

「……は？」

「そうじゃないかと思ってかまを掛けただけです。何かきっかけがあった方が、あの人たちも話しやすかったでしょうしね」

しれっと語る鏡太郎である。義信は末恐ろしい少年だと改めて驚嘆し、少し間を置いた後、神妙な声で問いかけた。

「しかし……あれで良かったんでしょうか」

「と言うと？」

「別に、反乱した士族が悪いと言い切るつもりはありません。俺だって新政府に対して思うところはありますから……。ですが、一市民としては、法治の大事さも分かるのです。黒門屋敷の周りの人たち……秋谷家の元ご家来衆やその家族たちは、言ってしまえば、政府転覆を目論む過激派に協力していたわけでしょう？　それをお咎めなしで……」

「訴え出た方が良かったと？」

「い、いや、そうとまでは言いませんが……」

鏡太郎の短い問いかけに、義信は視線を下げて言葉を濁した。小次郎や葉への共感と、善良な一市民としての義務感が拮抗してしまい、言うべきことが見つからない。

あたりは既に薄暗く、沈みかけた夕日が石畳や土塀の上に長い影を映し出している。

義信は西日を浴びながら黙って車を引いていたが、ふいに鏡太郎が口を開いた。

「たそがれですねえ」

「……はい？」

「今の時間のことですよ。昼と夜の間にある、昼でも夜でもない頃合い……。僕は、この時間帯が一番好きなんです。『混ざりあった状態』が好きと言ってもいい」

「混ざりあった状態……ですか」

「はい。僕は、明暗や善悪を切り分けたくないんですよ。今回は真偽をはっきりさせる必要があったので確かめましたが、実を言うと、ああいうのは好きではないですし、断罪などというのは大の苦手です」

「そうなのですか……。それは、何と言うか、申し訳ないことを」

「謝っていただく必要はありませんよ。ああ、でも、今回は外れだったわけですから、受講料については引き続きお待ちしています。あるいは、本当の怪異の噂を」

からかうように鏡太郎が言い、「あ」と義信は声をあげていた。

色々な話を聞かされすぎて、そもそも受講料の免除が目的だったことを忘れていたのだ。義信は「頑張ります」と苦笑して車を走らせ、やがて井波塾のある六枚町に入った頃、思い出したように問いかけた。

「そう言えば、泉先生は、なぜそんなに化け物に会いたいんです？」

「えっ？」

「だって、先生もご自分で言っておられたではありませんか。今の時代、化け物の話など流行らない……と。なのに、先生はどうしてそんなに化け物や怪異にこだわるのです？」

軽い気持ちで発した疑問だったが、なぜか鏡太郎は答えなかった。

訝しんだ義信が肩越しに振り返ると、鏡太郎は暗がりに覆われていく空を見上げ、静かな声をぼそりと発したのだった。

「……別に。ただの暇つぶし、興味本位ですよ」

# 泉鏡花と「草迷宮」

泉鏡花（本名・泉鏡太郎／一八七三〜一九三九）は金沢出身の文学者。戦前の浪《ろ》漫《まん》主義文学の大家にして幻想小説の先駆者であり、自ら「おばけずき」と名乗るほどの怪異愛好家でもあった。鏡花は幼い頃から怪談奇談の類を好み、少年期に通っていた私塾では、英語の講師を務める傍ら、塾長の目を盗んでは貸本屋に通っていたという。

鏡花の生きた時代では、妖怪を前時代的な迷信として否定する風潮が強かったが、そんな逆風の中でも鏡花は柳田国男ら民俗学者とも交流を持ち、怪異を文学の世界の中で存続させた。

「草迷宮」は明治四一年（一九〇八年）に発表された作品。「稲生物怪録」として知られる怪談をモチーフに、「秋谷屋敷」「黒門屋敷」などと呼ばれる廃屋を訪れた小次郎という法師と、亡母の残した手毬唄を探し求める青年とが数多の怪異に翻弄される様を描く。

本作のクライマックスでは、妖怪の首領・秋谷悪左衛門が現れ、自分たちは人間を避けてやっているのに、人間が勝手に自分たちを見て驚くのだ、と主張する。この独自の妖怪観は、鏡花の妖怪趣味と、彼が妖怪に求めていたあり方を明確に示している。

# 第二話「高野聖《こうやひじり》」

何じゃの、己《おら》が嬢様に念《おもい》が懸って煩悩が起きたのじゃの。うんにゃ、秘《かく》さっしゃるな、おらが目は赤くッても、白いか黒いかはちゃんと見える。

地体《じたい》並のものならば、嬢様の手が触ってあの水を振舞われて、今まで人間で居よう筈はない。

牛か馬か、猿か、蟇か、蝙蝠か、何にせい飛んだか跳ねたかせねばならぬ。


（泉鏡花「高野聖」より）

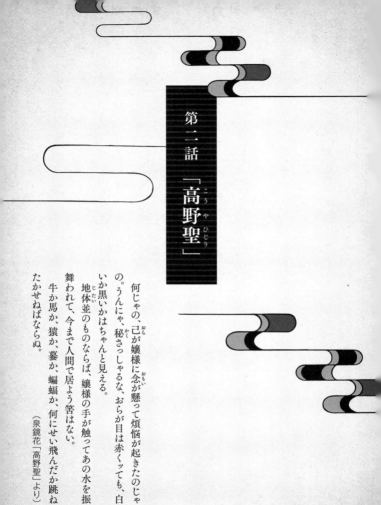

「へえ、じゃあ車屋さんは去年金沢へ……。どうして東京を出られたんですか？」

「色々ありますが、大きいのは例の保安条例ですかね。ほら、自由民権運動に関わっていた人たちがまとめて東京を追放されたという」

「ということは、車屋さんも民権運動にご参加を？」

「お瀧ちゃんの言う通りです。まあ俺は町人身分の生まれの小物でしたから、名指しで追われるようなことはありませんでしたが……尊敬していた先生も気心の知れた仲間も、みんなどこかに行ってしまうと、張り合いがなくなりましてね。生まれ故郷を離れて、知らない土地に行ってみたくなったんです」

ある晴れた日の昼下がり、金沢の繁華街の一つ、香林坊の貸本屋の店先にて。

義信が肩をすくめて寂しく笑うと、店番がてら話し相手になっていた瀧は、まあ、と声を漏らした。

「苦労なさったんですね……。金沢の住み心地はいかがですか？」

「いいところだと思いますよ。寒いのと雨が多いのは堪えますが、魚が安くて美味いのがありがたい。何せ、こちらのイワシは東京の倍はありますからね。それに、面白い方とも知り合えましたし……」

義信はそう言って苦笑し、貸本屋の店内に目をやった。

作り付けの本棚の前では、眼鏡を掛けた小柄な少年――泉鏡太郎が、分厚い和綴じの本を手に取り、一心に紙面を追っている。

義信がこの風変わりでお化け好きな少年と知り合い、「怪異の噂を教えてくれたら受講料の支払いを待ち、本物に巡り合えたら受講料はタダにする」という提案を受け入れてから、半月余りが過ぎていた。

義信は人力車を引く仕事の傍ら、週二回の英語の講義に通い続けており、今日は講義の後、鏡太郎に乞われて、この貸本屋まで乗せてきたところだった。義信がここに来るのは既に数回目なので、看板娘で店番役の瀧とも顔馴染みで、「車屋さん」「お瀧ちゃん」と呼び合う仲になっている。

店先での二人の会話は店内にも聞こえているはずだが、当の鏡太郎は黙々と曲亭馬琴《きょくていばきん》の「近世説美少年録」の頁《ページ》を繰り続けている。よくもあれほど熱心になれるものだと感心しつつ呆れつつ、義信が鏡太郎の横顔を眺めていると、瀧が微笑んだ。

「ああなると、当分掛かりますよ。話しかけても耳に入らないので、選び終えるまで気長に待つしかないですけど……もしかして、帰りも送るって約束しちゃったんですか？」

「その通りです。すぐ選ぶからと言われたので、それなら構いませんよと」

「鏡太郎さんの『すぐ』は、下手したら半日ですよ。お疲れ様です。……しかし鏡太郎さん、呑気に貸本屋なんかに来てていいんですか？　受験も近いんでしょう？」

ふいに瀧が義信に顔を近づけ、声をひそめた。こくりと義信が首肯する。

「同感です。教えてもらっている身で言うのもなんですが、泉先生はもうちょっと、ご自身の勉強に身を入れた方がいいように思います」

「ですよねー。ほんとにもうあの本の虫は――」

「本の虫で悪かったな」

ふいに鏡太郎が放った一声が、瀧の言葉を遮った。

店先の二人がぎょっと見つめた先で、鏡太郎は手元の古びた頁から目を離さないまま、ムスッとした声で続けた。

「受験が近いことくらい僕も分かってる。瀧には関係のないことだ」

「そんな言い方しなくてもいいでしょう？　わたしはね、ただ鏡太郎さんが心配で」

「大きなお世話だ。自分の世話は自分でできる」

瀧の言葉を鏡太郎が再び遮る。気に掛けてもらっているのだから礼の一つでも言えばいいのに、と義信は思ったのだが、当の瀧は「も、もう……」などと言って満更でもなさそうに頬を染めていたので、何も言わないでおいた。

　鏡太郎が年上の女性を好む半面、年下の娘には全く恋慕や好意を示さないことは、付き合いの短い義信でも知っている。この子も難儀な恋をしたものだ……と、義信が内心でつぶやいていると、憐れむような視線に気付いた瀧が顔をしかめた。

「何です、その可哀想な子を見るような目」

「え？　いえ別に……そうだ、ええと、最近はどういう本が流行ってるんです？」

　慌てた義信が話を変える。それを聞いた瀧は「はぐらかしたな」という顔になったが、すぐに商売人らしい表情になり、店内をぐるりと見回した。

「色々ありますけど、人気があるのはこのあたりの翻訳小説ですね｜。ポーの探偵ものとか、ヴェルヌの空想科学小説とか……。話が面白いだけでなく、西洋科学の知識も身につくって評判なんですよ。あとは学術書です」

「学術ということは、学問ですか」

「はい！　福沢諭吉《ふくざわゆきち》先生の『学問のすゝめ』以来、啓蒙的《けいもうてき》な本はずっと読まれています。『究理熱』って聞いたことないですか？　学問の本を読んで賢くなろう、って流行です。いろんな分野の本が出ていて、最近では心霊学なんてのもありますよ」

「心霊学というと、霊を研究するんですか？　学者先生が？」

「らしいですよ」

　訝しむ義信を見上げて瀧がうなずく。

瀧の言う通り、この頃、欧米の学会ではスピリチュアルがブームとなっており、一八八二年には英国で心霊現象研究協会という学術団体が発足していた。テレパシーや幽霊屋敷を大真面目に研究した雑誌記事を瀧に見せられ、義信の目が丸くなった。お化けだの幽霊だのといった話題は、前時代的で非科学的なものだとばかり思っていたが、案外そうでもないようだ。

「こういうのは、俺より泉先生の方が……」

「心霊学の存在は知っていますが、僕の好みではありません」

義信が漏らした感想に、鏡太郎が再び口を挟んだ。義信と瀧が視線を向けた先で、鏡太郎はこれ見よがしに溜息を落とし、分厚い和綴じ本を棚に戻して顔を上げた。

「未だに誤解があるようですが、僕は別にお化けを研究したいわけではないんです。もちろん退治したいわけでもありません。ただ見たいだけなのです」

「は、はあ……。それは前にも聞きましたが、しかし、どうして見たいのです？」

「見たいからです」

禅問答《ぜんもんどう》のような回答を即座に返す鏡太郎である。絶句した義信の隣で、よく知ってます、と瀧が苦笑した。「ついでに言うと」と鏡太郎が続ける。

「今、瀧が言っていた、海外の空想科学ものや推理ものも僕はあまり好みません。不可解な謎があるのはいいのですが、どんな謎にも理屈や真相があるときている」

「いや、それはそうでしょう。本を読まない俺が言うのもなんですが、物語というのはそういうものでは……？　違うんですか、お瀧ちゃん」

「違いませんよ」

「だから困るんです。まあ僕だって、物語を全否定しているわけじゃありません。現代の日本人として共感できる小説があれば読んでみたいですが、そういう本は出ていませんし……。だから結局、こういう古い本から選ばざるを得ないわけです」

　嘆息した鏡太郎が指差した先の本棚は、瀧が紹介していた翻訳ものや学術書の棚に比べると、抜けている本の数が明らかに少なく、人気がないのがよく分かる。「そんな古い本借りていく人、鏡太郎さんくらいですよ」と瀧の呆れる声を聞きながら、義信は鏡太郎の隣に並んで本棚を見た。

「幕末生まれとしては、こういう本の方が馴染みがあるんですけどねえ。泉先生のお薦めはありますか？」

「まず一冊となると、これですね」

　そう言って鏡太郎が棚から取ったのは、色褪せた和綴じの古本だった。草双紙と呼ばれる形式の絵入り小説で、補強された表紙には「柳亭種彦著『白縫物語』」と記されている。

「しらぬいものがたり……。どういう話なのです？」

「大友家の生き残りである若菜姫が、一族の復讐を目論む大長編です。蜘蛛の妖術を自在に操り、時に男装して暗躍する若菜姫がとてもいい」

「ということは、泉先生はこれを何度もお借りに」

「いいえ、借りたことはありません」

鏡太郎があっさり首を横に振る。首を傾げた義信の前で、鏡太郎は懐かしそうな眼差しを本に向け、しみじみとした声で続けた。

「これは、母が江戸から持ってきた本箱に入っていた本なのです。まだ文字も読めない頃から、僕は、草双紙の絵の艶やかさに魅せられていて……僕が絵解きをせがむと、母は、絵を指差して、これは誰、これは何と説明してくれたものです」

「ああなるほど、泉先生のお母上は江戸出身でしたか。先生が江戸びいきなのも納得です。不出来な生徒としては、一度はご挨拶したいものですね」

「……それは無理です」

鏡太郎の顔にふいに影が差し、視線がスッと義信から逸らされた。急にどうしたんだと訝る義信に、瀧が歩み寄り、小声で告げる。

「……鏡太郎さんのお母様、亡くなられてるんですよ」

「え？」

「鏡太郎さんが十の時、妹さんを産んで、すぐに亡くなられたそうです。わたしが鏡太郎さんと知り合ったのはその後ですけど、落ち込みようは凄かったって聞きました」

瀧がぼそぼそと小声で告げ、それを聞いた義信は、あ、と小さな声を漏らした。黙ってしまった鏡太郎に向かって、義信が慌てて頭を下げる。

「す、すみません！　そうとは知らず、無神経なことを……」

「お気遣いなく、義さん。話していなかった僕も悪いのです。母は、代々江戸に住んでいた、加賀藩お抱え役者の家の生まれでして……。明治維新で荒れた江戸から金沢に避難してきて、そこで父と結ばれて僕を産んだのです」

そう説明しながら「白縫物語」を棚に戻す鏡太郎の顔は普段通りに平静だったが、

「美しくて優しい人でした」と言い足す声は確かに沈んでいた。

どう話を続けるか迷った義信と瀧は、どちらからともなく顔を見合わせ、気まずい空気が貸本屋の店内に満ちる。

そうして沈黙が続くこと数十秒の後、ふいに明るい声が往来から投げかけられた。

「やってるかい？」

いかにも人の良さそうな声とともに店に入ってきたのは、年の頃二十歳過ぎ、赤黒い半纏を羽織った短髪の若者だった。風呂敷包みを下げた若者の顔を見るなり、瀧の表情が看板娘のものに切り替わる。

「いらっしゃいませー。いつもありがとうございます、奨二《しょうじ》さん。お返しですか？」

「おう。また何冊か貸してくんな」

そう言って本を取り出した若者の顔は、義信や鏡太郎にとってもよく見知ったものだった。浅野川沿いの花街の下働きであり、「井波塾」で義信とともに鏡太郎から英語を学んでいる若者・奨二である。

店の中に義信たちがいることに気付いた奨二は、受付の台に本を積み上げながら意外そうに目を丸くした。

「おや、井波塾の鏡太郎じゃねえか。それと車屋の、ええと」

「武良越義信です。奨二さんはお店のお使いですか？」

「ああ。本を好む芸妓は意外に多いが、特に、白糸《しらいと》姐さんはお好きでねえ。姐さんがご自分で選びに来られりゃ早いんだけど、外出できないのが芸妓稼業の辛いところで……って、茶屋に勤めておいて言うことじゃねえな、これは」

「白糸さんのお名前は、車のお客からよく聞きますよ。茶屋町で一、二を争う人気の売れっ子だとか。俺は拝見したことはないですが、綺麗なお方だそうですね」

「それはもう！　強いて言うなら満開の花……いえ、それをさっと洗った後の葉桜の緑のような涼しさのあるお方です。色は白く、鼻すじはまっすぐ、眉には力強さがあり、何より瞳が美しい……！　僕がまだ家にいた頃、父のお使いで何度かお見かけしましたが、あの麗しいお顔は今も目に焼き付いています」

　うっとりとした声で答えたのは、奨二ではなく鏡太郎だった。「よくご存じで」と奨二が微笑む。一方、瀧は、帳面と返却された本を見比べながら「どうして鏡太郎さんが答えるんです」と呆れ、義信を見上げて続けた。

「白糸さん、今でこそ売れっ子ですけど、すごく苦労なさってるんですよ。加賀藩のお偉方の家に生まれたお嬢様で、身を持ち崩した家族のために、身売りを決意されたとか」

「へえ。加賀藩ということは、地元の方なんですか」

「金沢の茶屋は格式を重んじるから、地元出身の娘が多いんだ。姐さん方にしても、知らない町に売り飛ばされるより、幼い頃から知ってた町で暮らせる方が居心地がいいでしょう」

　義信の問いに奨二が答える。義信は納得したが、瀧は身売りせざるを得ない娘たちに共感したのか、複雑そうな顔で口をつぐんだ。ところで、と鏡太郎が口を挟む。

「その白糸さん、身請《みう》けが決まったと聞きましたが」

「さすが鏡太郎、耳が早い！　そうなんだよ、半年後にね。瀧ちゃんの言うように、姐さんはずっと苦労してこられた方だから……落ち着いた暮しを手に入れられるなら、それは何よりだよな」

そう語る奨二の笑顔はどこか寂しげで、肩も少しだけ落ちていた。祝福する気持ちは強いものの、見知った相手がいなくなることは辛いのだろう。

店内にしんみりとした空気が満ちる中、瀧は雰囲気を切り替えるように「じゃ、本を選んできますね」と微笑み、本棚に向かった。残された三人は何とはなしに顔を見合わせ、奨二が義信へと語りかける。

「鏡太郎はともかく、車屋さんも本を読まれるとはねえ」

「いや、俺は別に……。ただ先生を送ってきただけですから」

感心の眼差しを向けられた義信が頭を掻き、そうなのです、と鏡太郎がうなずく。さらに義信が、鏡太郎との約束を説明し、怪しい話や不思議な噂を知らないかと尋ねたところ、奨二は大きく眉根を寄せた。

「花街で働いていると怪しい噂はいくらでも聞くが、現実的でドロドロした話ばかりだからなあ……。そういう話をお求めってわけではないんだよな？」

「違います。断じて違います」

「だよなあ。となると俺が知ってるのは、黒壁山《くろかべやま》の話くらいか」

腕を組んだ奨二が天井を見つめながら言う。「黒壁山？」と義信が問い返すと、鏡太郎が口を開いた。

「金沢の中心から一里ほど南、野田山の奥にある山の名です」

「それだ。俺はあの山の麓《ふもと》で育ったんだが、小さい頃から悪さをするとよく脅されたもんだよ。黒壁山には魔女がいて人を獣に変えちまうとか、うっかり入ると神隠しに遭うとか……。大人になって思えば、ただの昔話だと分かるけどね」

「ほう。魔女に神隠しですか」

「それくらいなら僕も知っています」

訝しんで目を細める義信だったが、そこに鏡太郎の冷静な声が割り込んだ。義信と奨二の二人が見下ろす先で、小柄で眼鏡の少年が、講義の時のように語り始める。

「そもそも黒壁山は、金沢の伝統的な魔所ですからね。前田利家《としいえ》公が金沢に入城した際、金沢城の本丸の位置に巣食っていた魔物を移住させた先こそが、かの黒壁山だと言われています。九万坊《くまんぼう》なる大天狗《だいてんぐ》を祀った山であり、権現《ごんげん》や摩利支天《まりしてん》信仰《しんこう》の聖地でもありました。故に、木を切ってはいけないとか、特定の日に登ってはいけないといった話が近隣一帯に伝わっており、夜になると樵《きこり》も山に入らないと言いますよね」

「言いますよねと聞かれても俺は初耳なんですが……そうなんですか、奨二さん」

「いや俺もそこまで詳しくは。そうなのかい？」

「そうです。ちなみに、人を獣に変える魔女は、昔話『旅人馬』の系譜でしょうね。白山一帯に広く伝わる話です」

「なるほど。では先生、神隠しというのは？　そっちも昔話なんですか？」

義信が尋ねると、鏡太郎は軽く眉根を寄せ、少しだけ思案してから口を開いた。

「どうでしょう。山に入ったり近づいたりした人間が消えてしまうという記録は、実際に幾つも残っていますから……。元々、金沢近郊の山は、他の地域に比べて神隠しの事例が多いようなのですよ」

「えっ、そうなのですか？」

鏡太郎の答えに義信は驚き、地元育ちの奨二も意外そうに目を丸くした。

鏡太郎の語ったように、金沢では実際に神隠しの事例が多かったようで、日本民俗学の草分けであり、泉鏡花とも親交の深かった柳田国男は、神隠しについて「とにかく金沢は多い。また彼処《あすこ》くらい子供の紛失《な》くなる地方は珍しい」と記述している。

「原因については諸説ありますが」と鏡太郎が続ける。

「特に、天狗に連れていかれる話が多いですね。今でも、行方不明者が出ると大勢で山に押し掛け、大声で失踪者の名前を呼ぶという風習がありますが、あれは天狗に対して訴えているわけです。ああ、義さんは天狗はご存じですか？　山に住んでいるとされる怪人で、背中に羽があって自由自在に空を飛ぶ」

「いや、さすがに天狗は知っていますが。あれが人を攫《さら》うわけですか」

「『攫う』というのは語弊がありますね。同意を得た上で連れ去るとか、人間の方から天狗の仲間入りをせがんだという話もありますので。一例を挙げれば、昔、篠井家という武家に仕えていた若党が自ら祈念して天狗となり、屋敷から姿を消したと伝わっています。この若党は後に主人の夢に現れ、天狗に連れ去られた人を取り戻すためのお守りをくれたとか」

「それは……そもそも天狗の側が人間に手を出さなかったら済む話なのでは？」

「だよなあ。自作自演っつうか二度手間っつうか」

義信の素直な感想に奨二が同意すると、鏡太郎は「僕に言われても」と眉をひそめたが、すぐに普段通りの冷静な顔に戻った。

「ともかく、神隠し譚は事例こそ多いのですが、詳細があやふやな話がほとんどですから、どこまで信用していいものか怪しいのです。自発的に行方をくらませたとか、事故に遭った、誰かに攫われた等々、現実的に説明できる事例も多いでしょうし」

「確かに。当人が消えてしまっている以上、残された人間が理由を推測することしかできないわけですからね」

「賛同ありがとうございます、義さん。というわけで、神隠しに興味はなくはないですが、怪異として扱うにはちょっと、というところでしょうか」

鏡太郎が淡々と告げる。受講料免除はまだ遠いようだ。義信は苦笑してうなずき、奨二は「さすが鏡太郎」と感心した。

程なくして、瀧が本を数冊選んで戻ってきたので、奨二はそれを借りて店から出ていった。

「ありがとうございました！　白糸さんによろしくお伝えくださいねー」

愛想よく奨二を送り出した後、瀧は店内に残っていた二人へと振り返り、そして、なぜか神妙な様子で口を開いた。

「あ、あの、鏡太郎さん……？　さっきの黒壁山の神隠しの話なんですけど」

「何だ、聞いていたのか。あれがどうした？　怖かったのか」

「ち、違います！　もう子どもじゃないんですからね!?　でも、おばけずきの鏡太郎さんのことですから、どうせ黒壁山まで確かめに行くんでしょう？」

「いや、別に僕は――」

「言わなくっても分かるんですからね？　だって鏡太郎さん、いつもそうじゃないですか。それで、じ、実はわたし、今からお使いで、黒壁山の麓まで行かなくちゃいけなくて……だから、その、どうしてもって言うなら、一緒に行ってあげてもいいですけど？」

顔を青くしたり赤くしたりしつつ、鏡太郎をちらちら見つつ、瀧が口早に言葉を重ねる。

なるほどと義信は無言で得心した。要するに瀧は、神隠しの話を聞いて黒壁山に一人で行くのが怖くなってしまい、鏡太郎に付いてきてほしいのだが、それを言い出せないのでこんな態度を取っているのだろう。

だが鏡太郎は、瀧の真意に気付いていないのか、あるいは分かって無視しているのか、あくまで冷静に顔をしかめた。

「何を言っているんだ瀧は。僕は一言も行くとは言っていないだろう。確かに有名な魔所だから興味はあるけれど、そこそこ遠いから面倒だ」

「じゃあ鏡太郎さんはわたしが神隠しに遭ってもいいんですか？　人でなし！」

「何でそうなるんだ。神隠しなんかそうそう起こるものではないと――待った！　まさか瀧、神隠しに遭う予定があるのか？」

「どうしてそこで目を輝かせるんです！　ありません！」

「何だ、ないのか。つまらない」

「鏡太郎さんっ！」

「……あの、何でしたら、お二人を黒壁山まで送りましょうか」

今にも泣きだしそうな瀧を見かね、義信は思わず口を挟んでいた。きょとんと顔を上げた二人を見比べた義信が、「もちろんお代はいただきません。何か不思議なことが起きれば俺の受講料もただになるわけですし」と言い足すと、瀧は潤んだ眼を見開き、一方、鏡太郎は、表情を一切変えないまま、顔色だけを上気させてうなずいた。

「それでいきましょう」

かくして話はまとまり、義信は鏡太郎と瀧を人力車に乗せて黒壁山へ向かった。町の中心を離れるに連れ、あたりの光景は城下町から山がちな農村へと変わり、平坦だった道は徐々に傾斜していく。

南の方角に目を向ければ、木々が密集した黒い山が壁のようにそびえており、なるほど黒壁山とは上手く言ったものだ……と義信は思った。

瀧のお使いは山の麓の医者に貸本を届けるというもので、それ自体は難なく終わったのだが、お使いが終わった途端に鏡太郎は「では山に登ろう」と言い出し、義信と瀧を困惑させた。

「もうすぐ日が落ちるのに、今から山に入る気ですか？　夜になると樵も山に入らないと泉先生も言っていたではありませんか」

「車屋さんの言う通りです。第一、ここもう黒壁山ですよね？　このあたりをうろうろしてみて、何も起きなかったらそれでいいじゃないですか」

二人はそう反論したのだが、鏡太郎は頑なだった。

「黒壁山の怪異は入山してこそ起こるもの。せっかくここまで来たのに、山に入らないでどうするんです？　二人が帰るなら僕は一人で行きます」

木々の間に延びる薄暗い山道を見据え、きっぱり言い張る鏡太郎である。

　そう言われてしまうと義信としては放ってはおけないし、瀧としてもここから一人で帰るのは不安が残る。義信と瀧は顔を見合わせ、同時にやるせなくうなずいた。

「ここ、黒壁山の怪異は意外と幅が広いんです。金沢城の本丸から移された魔、九万坊天狗、魔女や神隠しの他にも、古狸が大入道となって怪しい火を起こす『坊主火』などが知られていますし、さらに山奥には飛騨《ひだ》の国に通じる横穴があるという話もあります。あと、僕の好きな話には、毎年決まった日の夜、年の離れた二人連れの女が現れるというものが……」

　暗く湿った山道に、鏡太郎の解説が途切れることなく響く。

　語りながら先を急ぐ鏡太郎の表情はいつも通りに平静だったが、口調は心なしか普段より早く、語りにも熱が感じられた。

　怪異の舞台として知られる場所に来たことで高揚しているようだな、と義信は思い、改めてあたりを見回した。

　密集した木々が日差しを遮り、おまけに靄《もや》がうっすら立ち込めているため、まだ日没前なのにあたりは薄暗く、水気を多く含んだ黒い土はねっとりと湿っていて歩きづらい。どこかで雪解け水の流れる音を聞きながら、義信は額の汗を拭った。

「雪がないだけありがたいですが、歩きにくい、陰気な山ですね……。大丈夫ですか、お瀧ちゃん」

「お気遣いなく。お使いで坂道には慣れていますから！　……でも、どうせなら鏡太郎さんに気遣ってほしい……」

義信の後ろを歩く瀧が聞こえよがしに文句を漏らす。先頭を行く鏡太郎にもその声は聞こえているはずだが、鏡太郎は山の気配を味わうのに忙しいようで、振り向く気配すら見せなかった。

「まだ山に入ったばかりだというのに、この靄、この霧、この暗さ、そしてこの幽寂さ……！　なるほど、確かに魔境ですね」

両眼を見開いた鏡太郎が興味深げに感想を漏らす。相変わらずだなと義信は呆れ、「それにしても」とあたりを見回した。魔物の類が出ないのは当然としても、ひと気がまるでないのが気に掛かる。

「泉先生。ここは確か、権現や摩利支天信仰の聖地なのですよね？」

「聖地でもあった、と申し上げたはずですよ」

「『でもあった』？　今は違うということですか？」

「それは……ああ、ちょうど見えてきました」

先頭を行く鏡太郎が、道の先、大樹の陰を指し示す。そちらに目をやった義信は、あっ、と声を漏らしていた。

鏡太郎が指差した先にあったのは、焼け焦げ、朽ちた山門だった。

放置されて久しいのだろう、辛うじて山門の形をとどめる木組みの奥を覗いてみると、草ぼうぼうの境内の中に、荒れ果てた山寺が傾きながら建っていた。柱はへし折れ、壁は割れ、焼け焦げた屋根瓦があちこちに散乱している。

人が住んでいるどころか、誰かが最近訪れた気配すらない荒れ寺を前に、義信は思わず足を止めた。

「これはひどい……。まるで、焼き討ちにあったような」

「ような、ではなく、実際に焼き討ちにあったんだと思います……」

抑えた声でそう言ったのは瀧だった。

「祖父が話していたことを思い出しました。祖父は『あの頃はそういう時代だったんだ』とも……」

理解しがたいと言いたげな口調で瀧が言い、それを聞いた義信は、かつてこの寺で何があったのかを理解した。

「——廃仏毀釈《はいぶつきしやく》ですか」

「そういうことです。僕は覚えていませんが、ここ金沢でも、それはもう盛んだったそうで……。最近では再建されるお寺も増えてきましたが、この山のお寺は十年余り前に焼かれ、それっきりというわけです」

義信がぼそりと漏らした声に、鏡太郎が肩をすくめて応じる。

廃仏毀釈とは、明治の初めに巻き起こった仏教排斥運動の別称である。新政府の神道国教化政策に基づいて神仏分離令が出されると、平田派国学者の神官たちを中心とした人々は集団で寺院を襲撃し、仏堂や仏像、仏具などを徹底的に破壊・焼却した。この運動は全国に拡大し、地域内にあった全ての寺院が破却されたところもあったという。

かつての信徒たちの手で破壊された寺院の残骸を前に、鏡太郎はやるせなさげに言葉を重ねた。

「自分たちの手で寺を焼いておきながら、あのお山は魔境だという話を広める。勝手なものですね、人間というのは」

「確かに……。しかし先生、ここは元々魔境だったのでは？」

「もちろん幕藩時代以前から怪しい伝承はありましたよ。しかし同時にここは聖地でもあった。魔物の住まう怪しく危険な場所という性格だけが強調されるようになったのは、僕の知る限りでは、ここ十年ほどのことです」

そう言って鏡太郎は視線を山門から山道の先へと向け、再び歩き始めた。行けるところまで行くつもりのようだ。義信と瀧は打ち捨てられた寺に一礼し、鏡太郎の後を追った。

山寺からしばらく歩くと、道を塞ぐように巨大な檜《ひのき》が生えていた。苔むした幹は、大人四、五人でやっと抱えられそうなほど太く、根元には大きなうろがあった。ねじくれ曲がった枝は、まるで虹のように中空に大きく突き出している。雪解け水に流されたのか、根元の土は崩れており、大きなウナギのような根が絡まりあって露出していた。それだけでも充分不気味なのに、さらに気味の悪いことに、黒ずんだ幹には、人の形に切り抜かれた紙片が何枚も、釘で打ち付けられていた。手のひらほどの大きさの紙人形がじっとりと湿って樹皮に張り付く光景に、瀧が青ざめ、息を呑む。

「な、何ですこれ？　何かのおまじない……？」

「丑《うし》の刻参《こくまい》りというやつですか？」

「だとすれば呪いたい相手の姓名を書き込むはずです」

義信がつぶやいた疑問に鏡太郎がすかさず応じた。

「なのに、これには何も記されていません。確かにこの金沢にも丑の刻参りの風習はあるようですが、香林坊の裏手の縁切り宮や笠舞《かさまい》の猿丸神社など、市中の神社で行われるのが一般的です。こんな山中に参るという話など、聞いたことも読んだこともない……」

鏡太郎は興味深そうに軽く眉根を寄せた後、大樹の向こうを覗き込んだ。

大檜の後ろにも道は続いていたが、山上からの雪解け水が細い山道に流れ出し、川のようになっている。泥水で浸された山道を前に、鏡太郎が眉をひそめた。

「いっそうこの山に興味が出てきましたが、これは参りましたね。どうしたものか」

「いや泉先生、どうしたものかも何も、引き返すしかないのでは」

「車屋さんの言う通りだと思います。無理ですよ、こんなの」

「いや、ところどころに岩や倒木が顔を出しているので、それを渡っていけば行けなくはない。問題はこの水がどこまで続いているか――」

「悪いことは言わん。引き返すのじゃ」

鏡太郎の漏らした言葉を遮るように、ふいにしわがれた声が響き渡った。

聞き覚えのない声に三人があたりを見回すと、大檜の根元のうろから、黒ずんだ人影が一つ、ぬうっと姿を現した。

年の頃は四十代半ば、ずたずたに裂けた鼠色の衣を痩身に巻きつけており、節くれだった太い枝を杖代わりに突いている。

黒光りする禿頭とぎょろりとした大きな目が印象的な怪人の登場に、瀧が「ひっ!」と短く唸り、義信は思わず身構えたが、鏡太郎は眼鏡の奥の目を輝かせた。

「まさか黒壁山の魔物……!」

「畏れ多いことを言うでない。拙僧は人じゃよ、人」

木のうろから出てきた怪人は呆れた様子でそう言うと、太い根に腰かけ、伸びた爪で髭の生えた顎をバリバリと掻いた。

「この先はまだ二町（約二一八メートル）ばかり水浸しじゃ。雪解け水が谷底に落ちきるまでは、二、三日かかろう。急ぎでないなら、日を改めることじゃな」

「そうですか。残念です。ところで今『拙僧』と言われましたが、あなたはお坊様なのですか？」

「昔はな。『上人様』『法師様』と呼ばれたこともあったが、それも十年ばかり前のこと。かつては『高野《こうや》』と号しておった」

鏡太郎の問いかけに怪人——自称「高野」はけろりと応じ、麓に通じる山道へと目をやった。

「ここへ来る途中に焼けた寺を見たじゃろう。あれが拙僧の寺じゃった。寺を失ってこの方、方々を回ったが、結局この山に戻ってきてしまい、今はこの木が拙僧のねぐら」

「この大木に住んでいるのか……？」

愛おしそうに大木を見上げる高野の言葉に、義信が顔をしかめた。

ここが人里離れた深山ならともかく、山を下りれば村があるし、さらに少し足を延ばせば金沢の町だ。いくらでも雨露をしのぐ場所はあるだろうに……と訝る義信の前で、高野は顔を上げ、周りの木々を見回した。

「山はええぞ。寝床もあるし水もある。食い物だっていくらでもある！　お主ら、肥え太ったガマの美味さを知っておるか？」

「ガマって……か、蛙を食べてるんですか？」

鏡太郎の後ろに隠れていた瀧が青ざめる。その顔が面白かったのだろう、高野は「あんな美味い物はないぞ」とニタニタ笑い、冷静な鏡太郎に目を向けた。

「そこの坊主。お主、拙僧の言葉を信じておらんな。機会があれば食うてみい」

「覚えておきましょう」

「覚えておかないでください泉先生。ご上人、あなたも、妙な酔狂を押し付けないでいただきたい。大体、ガマガエルなど食べずとも、麓の村に行けば、もっとまともな物が飲み食いできるだろうに……」

呆れた義信が思わず言い放つ。と、それを聞いた高野は、意外にも「確かにのう」と同意し、そしてふいに自嘲した。

「……じゃがなあ、それができんのじゃ。拙僧は、人が怖くなったのよ」

「人が怖く……？」

「そうじゃよ、若いの。村の連中に寺を焼かれたあの日以来、拙僧は、人が怖くてならんのじゃ。よそから攻めてきた敵ならともかく、先祖代々の付き合いのある、幼い頃から見知った檀家《だんか》の者たちが、何かに憑かれたように押し寄せてきたあの日の恐ろしさは、未だに忘れることができん。……人はなあ、怖い生き物ぞ」

　そう言って高野は肩をぶるっと震わせ、目を閉じた。

　重みを感じさせるその言葉に義信たちが黙り込んでいると、高野は晴れやかな顔になり、四方の木々を見回した。

「おかげで、今となっては、魔境である黒壁山の方がよっぽど馴染むのじゃよ」

「魔境……。やはりここには本当に魔物が住んでいるのですか、上人様？」

　勢い込んで問いかけたのは鏡太郎である。この山に来た目的を思い出したのだろう、目の色を変えた鏡太郎が「本丸を追われた魔とか、人を獣に変える魔女などが」と続けると、高野はきょとんと目を瞬いた。

「急に食い付きおったな。まあ、本丸云々の話は、前田家の偉勲《いくん》のために作られたものじゃろうが、魔女の話は寺でもよく聞いたのう。もっとも、お寺では『山姫様』と呼んでおったが」

「『山姫様』？　その名前は初耳ですね。山男や山女、山童など、里のものとは別種の人間が山中にいるという話ならば何度も読んだことはありますが、その類なのでしょうか」

「そんなことは拙僧も知らんがな」

身を乗り出した鏡太郎に高野が顔をしかめる。だが、めげない鏡太郎が「ならば何をご存じなのです？」と重ねて問うと、高野はふいに苦笑いを浮かべた。

「先代の和尚からは、よそから来た人間に触れ回る話ではないと言われたが……まあ、もはや気遣う相手もおらぬか。拙僧が聞いた話では、山姫様は黒壁山におわす姫君で、出会った相手を獣に変えるのだそうな」

「ふむ。獣と言っても色々ありますが、何にされるのです」

「色々じゃ。牛か馬か、猿か蛙か蝙蝠か……。山姫様の息や指が触れたが最後、人は人でなくなり、飛んだり跳ねたりし始めると聞く。気に入られると助かるとも言うが、それも山姫様が飽きるまでのこと。やがて飽かれると、尾ができる、耳が動く、足が伸びる……。たちまち形が変ずるばかりじゃ。お主らも気を付けることじゃな」

そう言って高野は一同を見回し、脅すようにぎょろりと目を見開いた。

古臭いおとぎ話と言ってしまえばそれまでだが、暗くなりつつある空や、陰気な山中の光景と相まって、高野の語りには一笑に付せない迫力がある。義信と瀧はぞくりと怯えたが、鏡太郎だけはいっそう目を輝かせ、「素晴らしい……！」と口走った。

「人の意を介しない超越的な魔女……。いいですね！　とてもいい。そういう話は大好きです。姫様というからには美しいお方なのですよね？　どこにお住まいなのですか？」

「拙僧が知るものか。一年に一度、決まった日の決まった夜には、この先の祠《ほこら》のところに来られるとは言うが、どこからお出でなのかは拙僧も知らぬ。そもそもこの話も、どこまで信じられるやら……」

「決まった日と言うと」

「今の暦で言うと、今日から数えて十二日目じゃな」

「もうすぐではありませんか！　素晴らしい、是非確かめに――」

「やめておけ」

どんどん高揚していく鏡太郎の声を、高野がばっさりと遮った。

一際重たいその声で鏡太郎を押し黙らせると、木の根に腰かけていた高野はゆっくり立ち上がり、首を横に振った。

「興味本位で首を突っ込むべきことではない。その日ばかりは、ゆめゆめ山には入らぬことじゃ。……いや、その日だけではない。そもそも、山は里とは理《ことわり》が違う世界だということを、深く肝に銘じておくことじゃ」

子どもを諭《さと》す教師のようにゆっくりと語りながら、高野は杖代わりの枝を使い、鏡太郎たちと自分の間に一本の線を引いた。

「この世には、おいそれと越えてはならぬ境目というものがあるのじゃよ」

そう言うと高野は顔を上げ、くるりと三人に背を向けた。

「ではな」

「上人様、どこへ？」

「飯の調達じゃよ。そろそろ夜の虫や獣が動き出す時間じゃからな」

呼び止めた鏡太郎にそう答えると、高野は道もない山肌をひょいひょいと身軽に登っていった。靄のかかった斜面を軽やかに進んでいく姿は、まるで雲に乗る仙人のように身軽で、ほどなくして高野の後ろ姿は木々の奥へと消えた。残された三人は、我に返ったように顔を見合わせ、同時に地面に引かれた線を見下ろした。

「不思議ですね」と鏡太郎がつぶやく。

「ただの線だと分かってはいるのに、気軽に越えてはいけないと思ってしまう」

「俺も同感です。というわけで、ひとまず今日のところは帰りましょう、泉先生」

「えっ？」

鏡太郎がきょとんと目を丸くする。その反応に義信は戸惑い、瀧が呆れた。

「そこでどうして『えっ？』なんです？　まさか行くつもりなんですか」

「そのつもりだけど……駄目なのか？」

「絶対駄目です！　もう暗くなりますし、この先の道は水に沈んでて、提灯も何も持ってきてないんですよ？　だいたい鏡太郎さん受験が近いんでしょう？　勉強しなくていいんですか？」

　腰に手を当てた瀧が鏡太郎を睨んで口早に言葉を重ねる。鏡太郎は辟易したように眉をひそめたが、瀧の言葉ももっともだと思ったのか、残念そうに肩を落とした上で、渋々首を縦に振った。


　下山した鏡太郎と瀧は、来た時と同じように義信の人力車で町へと帰った。

　帰路の道中で瀧は山の雰囲気や高野のことを思い返し、「怖かったですねえ」と述懐したが、対照的に鏡太郎は冷静だった。

「つい雰囲気に呑まれてしまったけれど、出会った相手を全て獣に変えてしまう力の持ち主が実在するのだとしたら、その話が広がるはずはない。特定の夜、特定の場所に必ず現れるという話だって同じだ。獣にされると分かっていて、あえてその日に山に入る人がいるだろうか？」

「あ、確かに。じゃあ山姫様の話は嘘ってこと？」

「明言はできないが、素直に信じられるわけでも……って、瀧、なぜ笑うんだ」

「だって鏡太郎さん、研究したくない、見たいだけって言ってたのに、しっかり分析してるじゃないですか」

「お瀧ちゃんの言う通りですね。いや、見事な分析ですよ泉先生」

瀧が呆れたように告げた言葉に、人力車を引く義信が賛同する。

義信が「お瀧ちゃんに一本取られましたね」と振り返って笑いかけると、鏡太郎は色白の頰を赤らめ、二人から目を逸らしてしまった。

＊＊＊

その翌々週、鏡太郎たちが黒壁山を訪れた日からちょうど十二日目の夕方のこと。

義信は六枚町にある私塾「井波塾」を訪れ、鏡太郎を呼び出していた。

「今日は英語の講義ではなかったはずですが……」と首を捻りながら玄関先までやってきた鏡太郎が、義信の顔が青ざめているのに気付いて訝しむ。

「何かあったのですか、義さん？」

「あったのか、なかったのか……。実はですね、先ほど、浅野川の大橋の近く、暗がり坂のあたりで、妙な女を乗せたのです。身ぎれいな若い娘でしたが、御高祖頭巾《おこそずきん》で顔を隠しており、黒壁山の麓まで送ってくれ、と。言われた通り、山の麓で——先日、泉先生やお瀧ちゃんと一緒に登った山道の入り口で降ろすと、女は山に入っていきました」

「こんな時間から黒壁山に入ったというのですか？　若い女性が一人で？」

「そうなんですよ。泉先生もご存じの通り、あの先にあるのは焼けた寺と山道だけ。何だか不安になってきて……。しかも今日は、お上人が言っていたあれが出る日でしょう」

「山姫様ですね。出会った相手をことごとく獣に変えるという」

「それです。あの上人は、山姫はどこから来るのか分からないと言っていましたよね？　それを思い出した途端、寒気がしたんです。俺はもしかして……」

「山姫様を乗せてしまったのではないか。だとしたら、自分は近く獣になってしまうのではないか……？」

言い淀む義信の言葉の先を、鏡太郎が代わりに補足する。無言で首肯する義信の顔はいっそう青くなっていた。

義信は決してお化けや魔物の存在を信じているわけでもないし、信心深いわけでもなく、むしろその逆の人間だ。にもかかわらず義信は、不安が湧き上がってくるのを止めることができなかった。

「馬鹿馬鹿しい話だとは、自分でも分かっているんです。でも、もしかしたらと思ってしまうともう、居ても立っても居られなくなって……。それで、こんなことを相談できるのは泉先生くらいですから……。どう思いますか？」

「そうですね……」

目を泳がせる義信の前で鏡太郎は軽く眉根を寄せ、黒壁山で降りた女の風体や、乗せた場所を詳しく聞いた。義信が覚えている限りのことを説明すると、鏡太郎は黙って思案を始めた。鏡太郎の表情はいつも通り平静で、その冷静さが今の義信にはありがたかった。

どうやら自分は、小柄で年若いこの少年のことを、思っていた以上に頼りにしてしまっているようだ。

そう気付いた義信が自分に呆れていると、鏡太郎はふいに顔を上げ、義信を手招きして小声を発した。

「黒壁山へ行きます」

「黒壁山へ!?　今からですか？」

「声が大きいです！　井波先生に聞かれたらどうするのですか」

「し、失礼しました……。しかし、もう暗くなっていますが……。それに今日は山姫が出る日なんでしょう？　山に入るなとあの上人も」

「だからこそです。先日は信じられる話ではないと申し上げましたが、義さんの話を聞いて考えが変わりました。送っていただけますか？　無論、本物の山姫様に会えたなら受講料はタダにします」

「それは願ってもない話ですが」

「無理強いはしませんよ。断るというなら僕は一人で行きますので」

逡巡する義信を見上げて鏡太郎が明言する。

鏡太郎と知り合ってまだ短いが、今の鏡太郎が本気だということは、義信にははっきり理解できていた。

相談する相手を間違えたようだ。義信は心のうちでそうつぶやくと、天井を仰ぎ、溜息を吐き、肩をすくめた上で、おずおずと首を縦に振った。

「……分かりましたよ。送ります」

「そうこなくては！　――井波先生！　泉鏡太郎、ランプの油を買いに行ってきます！」

ふいに鏡太郎が私塾の奥へと振り返り、大きな声で叫んだ。

いきなりの大声に驚く義信の前で、鏡太郎は下駄を引っ掛け、義信の手を掴んで玄関から飛び出した。後ろからは「またさぼるつもりか！　待て！」という怒声が響いていたが、鏡太郎は足を止めることなく、義信の手を引いて走った。

「急いで！　先生に捕まったら黒壁山どころではなくなります！」

「は、はい……！」

鏡太郎を乗せた義信の人力車が黒壁山に着いた頃には、日は既に落ちていた。日が落ちる前でも薄暗かった黒壁山の迫力は夜となるとなお凄まじく、暗がりの中から何かがこちらを見ているような気がして落ち着かない。

提灯を掲げながら冷や汗を流す義信だったが、鏡太郎はためらうことなく山道を進んでいった。放置された廃寺の前を通過し、紙人形が打ち付けられた大檜まで辿り着くと、先日は水浸しだった山道の水は引いており、ぬかるみの残る路面には幾つかの足跡が刻まれていた。

「ふむ。どの足跡も新しいですね。あの上人様に話を聞ければ早いのですが、残念ながら今はご不在のようです」

「そ、そのようですね……。しかし泉先生、本気でこの先へ進むつもりなんですか？　あの女——山姫が出たら……」

「大丈夫。義さんが乗せたのは、おそらく山姫様ではありません」

「え？　それはどういう意味で——」

「説明は確かめてからにさせてください。ほら、行きますよ」

義信の問いかけをさらりと受け流し、鏡太郎が先へと進む。やむなく義信はその隣に並び、恐る恐る提灯をかざした。

うねうねと延びる坂道は湿っている上に草深く、道の左右にはてっぺんが見えないほどに背の高い木々が密生しているので、威圧感が凄まじい。葉に溜まった雫や落ち葉が、ポタポタ、パラパラと落ちる音を聞きながら、笠を被っていて良かったと義信は思った。

「泉先生は帽子も傘もないですが、大丈夫ですか？」

「お気遣いなく。それより義さん。上を見るのもいいですが、足下にもご注意を。大きなヒルがそこらじゅうにいます」

「ヒルが!?」

「どうかなさいましたか」

「俺、ヒルだのナメクジだの、ああいうヌメヌメしたのはどうにも苦手でして……。ああ、来るんじゃなかった……。泉先生、今からでも引き返しませんよ。お帰りになるなら提灯は置いていってください」

「引き返しませんよ。お帰りになるなら提灯は置いていってください」

「……分かりましたよ。ここまで来たからにはお付き合いします。しかし一体」

「しっ！」

ふいに鏡太郎が立ち止まり、顔の前に人差し指を立てた。

鏡太郎がそうした理由は、義信にも分かっていた。

山道の先、木々の陰に、ちらちらと揺れる灯りが幾つか見えたのだ。声をひそめた鏡太郎が言う。

「……どうやら、足跡の主たちに追いついてきたようですね。義さん、提灯の火を笠で隠してください。ここからは静かに近づきますよ」

「承知しました」

小声で応じた義信は、笠で提灯を隠すように持ち、そろりそろりと歩き出した。鏡太郎がその隣に静かに並ぶ。

向こうに気付かれないよう注意しつつ、二人が静かに距離を詰めていくと、やがて、先を行く者たちの顔かたちが見えてきた。

人数は全部で十人ばかりで、年齢や性別は様々だ。せいぜい二十歳ほどの若い兵隊がいるかと思えば、赤子を抱えた母親もいる。一同を先導しているのは、鼠色のぼろを纏い、杖を突いた禿頭の男――高野であった。

黙々と歩く一団の中には、山には場違いなほど艶やかな着物を纏った若い女性も交じっており、それを見た義信は息を呑む。

「……先生！　俺が運んだのは、あの娘です……！」

大樹の陰に身を隠しつつ、義信が傍らの鏡太郎に小声で告げる。と、鏡太郎は目を細め、義信の指差した女と、その隣に寄り添って歩く若者を見据えて口を開いた。

「なるほど。確かに綺麗な方ですが、あれは山姫様ではありませんよ。僕は目が悪いので断定はできませんけれど、白糸さんだと思います」

「『白糸』……？」

どこかで聞いた名前だが、と眉をひそめた直後、義信はその名を思い出した。

「身請けが決まっているという売れっ子芸妓の……？　しかし、芸妓はみだりに外出できないはずでは」

「それだけの覚悟と準備をして出てきたということでしょう。あと、その隣にいるのは、おそらく奨二さんですね」

「え？　あっ、確かに……！」

義信がはっと息を呑む。

暗いので気付きにくかったが、山姫ならぬ白糸に寄り添っている男の背格好は、あの茶屋勤めの若者とそっくり同じだ。仲睦まじい夫婦のようにくっついて歩く二人の姿に、義信は首を傾げざるを得なかった。

「つまり、あの二人は実は道ならぬ仲で、駆け落ちを企てたということですか？　しかし、そうだとしても、なぜこんな日にこの山に……？　それに、他の連中は何です？　これは何の集まりなんです……？」

「もしかしたら――いえ、推測だけで物を言うのは良くないですね」

何かを言いかけた鏡太郎が口をつぐみ、「ひとまず追いましょう」と義信を促した。

先日、高野から聞いた話が正しければ、この先には山姫の出る祠があるはずだ。白糸たちの意図は気になるものの、ここで引き返したい……というのが義信の本音だったが、鏡太郎はどんどん先に行ってしまう。義信は大きく溜息を落とし、仕方なく後に続いた。


上り坂だった山道は、途中から下り坂に転じていた。どこかから響く川の音を聞きながらしばらく坂を下ると、ふいに視界が大きく開けた。

森を抜けた先に広がっていたのは、石や岩の転がる渓谷であった。

ごつごつと切り立った岩の間を、そう広くもない川が月明かりを照り返しながらさらさらと流れ、川の向こうには小山のような岩がそびえたっている。

簡単には登れそうもないほど大きな岩の周りには、巻貝のようなものから剣のようなものなど、形も大きさも様々な岩が無数に転がっており、そんな殺風景な岩場の一角、渓谷全体を見回すような位置に、朽ちかけた小さな祠が一つ佇んでいた。

祠は街中の道端などで見かける地蔵堂ほどの大きさで、三方を板で囲った中に、摩耗した楕円形の石が立てられている。高野に先導された白糸たちの目的地はここだったようで、一同は無言のまま、ぞろぞろと祠の周囲に集まっていく。

その光景を、義信と鏡太郎は岩の陰から覗いていた。

「何だ、ここは」「何だ、これは……？」と、義信の心の中に声が響いた。

おぼろな月明かりと、か細い提灯の光の中に、大小さまざまの奇岩や、いつからあるとも分からない祠がぼうっと浮かび上がっている。その光景は、密度と湿度の高い森とはまた別の不気味さを湛えており、義信の背中に悪寒が走った。

だが、怪異を愛する少年の目には、極めて魅力的な光景に映ったようで、鏡太郎は目を見開き、身を乗り出してしまっていた。

「凄い！　何という幽寂な……！」

「泉先生！」

義信は慌てて制止したが、その時にはもう鏡太郎が漏らした声や、蹴り飛ばした石が転がる音が、静かな岩場に響いてしまっていた。しまった、と舌打ちを漏らす義信の前で、高野や白糸らが一斉に振り返る。

「そこにいるのは井波塾の鏡太郎？　それに車屋の……？」

提灯を突き出した奨二が目を見開き、顔をしかめる。

……これはもう、観念した方が良さそうだ。

そう判断した義信は、申し訳なさそうに肩を縮める鏡太郎とうなずき合い、祠の前の岩場へと歩み出た。

所在なげに佇む義信たちに、杖を突いた高野が一同を代表して問いかける。

「どこかで見た顔だと思うたら、この前も来た連中ではないか。今日は一人少ないようじゃが、黒壁山に何の用じゃ？」

「……それは、こちらが聞きたいくらいだ」

そう切り返したのは、鏡太郎を庇うように立った義信だった。

義信が鏡太郎に先んじて口を開いたのは、余計なことを言わせまいと気遣ったからではあるが、真相を知りたいという自分自身の願望のせいでもあった。

……泉先生ほどではないにせよ、好奇心は俺の中にもあるようだ。

義信は心の中で自嘲し、黙り込んでいる高野や、目を伏せた奨二や白糸たちへ向かって、さらに問いを投げかけた。

「これは一体何の集まりなんです？　駆け落ちや夜逃げなら、わざわざ山に入る意味が分からない。しかも今日は山姫が……人を獣に変えてしまう魔女が現れる日なのでしょう？　山姫が本当にいるとは思えませんが、だとしても、なぜこんな夜に、この山へ？」

「ほう！　つまりお主は、獣にされるのは嫌なのか？」

高野が即座に問い返す。値踏みするような問いかけに、義信は思わず顔をしかめ、首を傾げながら応じた。

「それはそうでしょう。誰だって、獣なんかに――」

「なりたいものもおるんじゃよ」

「えっ？」

「獣になるとは即ち、人の身から逃れること。自分は自分であるという事実から逃れること……。それを望む人間も、この世には確かにおるんじゃよ」

高野が義信にゆっくりと語りかけ、奨二や白糸たちが無言で首を縦に振る。

その反応に義信は戸惑ったが、鏡太郎にとっては予想の範疇《はんちゅう》だったようで、やはり、と抑えた声を漏らした。義信の隣に並んだ鏡太郎が、一同を見回して口を開く。

「……おそらくですが、『獣になる』とは、一種の隠語なのではありませんか？　獣になるとはつまり、今の生活や名前を捨てることであり、この日にこの山に登れば、山姫様の力によってそれが叶う」

「え？　待ってください、泉先生。山姫は逃亡の手助けをしてくれる存在だということですか？　一体どうやってそんな――」

「そこまでは僕には分かりませんよ、義さん。ここにお集まりの皆さんも分かっていないのではないですか？　しかし、逃れようのない現状に縛られ、苦しめられている人たちにしてみれば、それにすがるしか道はなかった……」

「……そうだ」

鏡太郎の推測を奨二が肯定し、その隣の白糸がこくりとうなずく。「分かりません」と義信は思わず口を挟んでいた。

「奨二さんは言っていたではないですか。金沢の茶屋町の芸妓は地元の娘を優遇する、知らない町に売られるよりも居心地がいい、と。それに、白糸さんは売れっ子だったと聞きますし、もうじき年季が明けて身請け先も決まっているとか。なのに」

「――冗談ではございません」

唐突に、明瞭で悲痛な声が響き渡った。

問いかけを遮られた義信がはっと黙り込むのと同時に、声の主――白糸は、首を大きく横に振った。

「何が居心地がいいものか……！　自分が生まれ育った町を自由に歩けなくなることがどれほど辛いか、昔からよく知っている相手に金で買われて尽くさねばならない立場がどれほど屈辱か！　考えたことがございますか？」

吐き捨てるように言い放ち、白糸はさらに言葉を重ねた。

辛い境遇に耐え続けてきた自分にとって、優しくしてくれた奨二の存在だけが救いであり、いつの間にか恋仲になっていたのだ、と白糸は語った。

年季が明けたら一緒になる約束を密かに交わし、それを支えに茶屋勤めを続けてきた白糸だったが、本人のあずかり知らないところで、妾《めかけ》として身請けされる話が決められてしまった。このままでは奨二と暮らせないどころか、一生所有され、閉じ込められ続けることになる。思いつめた白糸は心中まで考えるようになったが、そんな時、奨二が山姫様の話をしてくれたのだという。

「……黒壁山の神隠しは本当にあるって、俺は知ってたんだよ。まだガキだった頃、友だちの家族が山に入って、それっきりになったことがあったんだ。親父に聞いたら、『あいつらは山姫様の手に掛かって獣になったんだ。もう帰らねえ』って……」

　白糸に寄り添いながら奨二が語る。なるほど、と鏡太郎が相槌を打った。

「先日貸本屋でお話を伺った時には、ただの昔話だと言っておられましたが、あれは、あえてそう言われたわけですね」

「ああ。俺には白糸姐さんを逃がす伝手《つて》も金もねえし、郵便も電信もある今の時代、どこに逃げても見つかって連れ戻されるのがオチだ。だったらもう、山姫様に賭けるしかねえと思ったんだ」

「段取りはご存じだったわけですか？」

「それも聞いたことがあった。獣になりたい人間は、あらかじめ、大檜に紙人形を打ち付けておくんだ。そして山姫様が出る日の夜に山に入ると、案内人が現れ、山姫様のところまで連れていってくれる……と」

「あ！」

大檜に打ち付けられていた不気味な紙人形の数と、ここに集まっている人数が同じであることに、義信は今更のように気付いた。「丑の刻参りではなかったのか……」と義信が漏らした声に、鏡太郎が同意する。

「そのようですね。つまり皆さんはそれぞれの事情で今の生活を捨てたい人たち」

「そういうことじゃよ。何を辛く感じるか、何にどこまで耐えられるかは、人によってそれぞれじゃからなあ。そして、困った衆生《しゅじょう》を救うは坊主の役目」

「案内人はあなたなのですね、ご上人」

鏡太郎が問うと、ぼろぼろの法衣を纏った怪僧は顎髭をバリバリと掻いて笑った。

「左様。ここまでの案内は、黒壁山の坊主に代々受け継がれたお役目じゃからな。寺を焼いておいて、随分都合のいい話だとは思うたが、檜に打ち付けられた紙人形を見てしもうたら、この塞《さい》の祠まで案内してやるしかなかろう？」

「さいの祠……？」

「『要塞』の『塞』だと思いますよ、義さん。塞とは即ち境界の意。この祠は、ここまでは里、ここから奥は山の世界という境目を示しているのでしょう」

聞き慣れない言葉を問い返した義信にすかさず鏡太郎が回答し、それを聞いた高野は「詳しいのう」と笑った。

どうやら全て鏡太郎の言う通りのようだ。義信は改めて鏡太郎の知識量に舌を巻き、そして、ひどく訝しんだ。

黒壁山一帯にそういう話が伝わっていたことはよく分かった。今の身分や立場を捨てるしかないという切実な事情についても充分理解できるのだが、しかし……。

「……本当に、山姫が来るのですか？」

「な——何を言うんだ、車屋さん！」

奨二がはっと目を見開く。それに続いて、「やめろ」「言うな」と言いたげな視線が鏡太郎を含めた全員から突き刺さったが、義信は続きを口にしてしまっていた。

「獣に変えるというのが何かの言い換えだとしても、そんなことができるものが本当にいるとは、俺にはとても思えないんです。これまで山で消えた人たちは、単にどこかに逃げただけではないんですか？　あるいは、誰かの手に掛かって——」

義信がそう言いかけた時、複数の足音ががさがさと響いた。

確かに聞こえた足音に、全員が揃って息を呑み、白糸が歓喜したように声を発する。

「山姫様……！」

「違います。だとしたら山の方から来るはずでしょう。今の足音は麓の側から……」

鏡太郎が山道へと振り返り、義信や高野らもそれに続く。

一同が注視する中、森の奥から現れたのは、龕灯《がんどう》を手にした四人組の男だった。

いずれも和装で、いずれも屈強で、いずれも厳めしい顔つきをしている。明らかにカタギではない風体の男たちを見るなり、奨二と白糸の顔がさっと青くなった。

「しまった……！」と叫ぶ奨二に義信が尋ねる。

「奨二さん、この人たちは……？」

「茶屋で雇われている用心棒……！　士族崩れのゴロツキどもだ！」

「侠客《きょうかく》とか任侠《にんきょう》と呼んでもらいてえですな。しかし、よりにもよって白糸姐さんを連れて逃げるたあ太い野郎だ。姐さん、帰りやすよ。旦那たちが案じておられます」

ゴロツキの中の兄貴分らしい男が白糸を手招きする。白糸は奨二にしがみつき、首を激しく左右に振った。

「嫌だ……！　私はもう帰らない！　二度とあんなところに帰るもんか！」

「そ、そうだ！　白糸姐さんは渡さない、絶対に！」

白糸と奨二が震えながら声をあげる。それを見たゴロツキたちは呆れた様子で顔を見合わせ、兄貴分の男は舌打ちして顎をしゃくった。

「手間かけさせやがって……。おい、適当に痛めつけてやれ」

「へい」

聞こえよがしに拳を鳴らし、あるいは白鞘の短刀を抜きながら、ゴロツキたちが奨二らに迫る。と、その前に、長身の人影が無言で立ちふさがった。

「義さん……？」

鏡太郎が思わずその名を呼んだ通り、奨二と白糸を庇ったのは義信だった。邪魔が入るとは思っていなかったのだろう、ゴロツキたちが顔をしかめる。

「何じゃい、てめえは」

「たまたま居合わせただけの車屋ですよ。事情はお察ししますが、この姐さんたちは本気です。どうか行かせてやってはもらえませんか？」

「車屋さん？　どうして……？」

庇われた奨二が問いかけたが、その答えは義信にもよく分かっていなかった。

話を聞いているうちに、この二人や、ここに集まった者たちへの共感が募っていたようで、気付いたら割り込んでしまっていたのだ。

「俺は何をやっているんだか」と自嘲しながら、義信が腰を軽く落として身構える。

その構え方は一介の車屋とは思えないほど堂に入ったもので、ゴロツキたちはほんの一瞬たじろいだが、すぐに「てめえ！」と怒鳴った。

「車屋風情が口を挟んどるんじゃねえぞ！」

「五体満足で山から下りられると思うな、おい！」

丸腰の素人に一瞬気圧されてしまったことを否定するかのように、ゴロツキたちが大声で凄み、義信を取り囲んでいく。奨二と白糸はおろおろしながら、鏡太郎は無言で、その様子を見守っていたが、そこに高野が割り込んだ。

「ええい、やめぬかお主ら！」

「ああん？　今度は坊主か？　坊主の出る幕じゃなかろうが！」

「何を抜かすか！　今宵のこの場を何だと思うとる！　山姫様をお招きする塞の祠の前で荒事に手を染めるなど、断じてならん！　皆、お山の怒りを買うぞ！」

声を張り上げた高野が祠を杖で指し示す。だが、その脅しは逆効果だったようで、逆上したゴロツキたちは「うるせえ！」と高野を睨みつけ、そのうちの一人がずかずかと小さな祠へ歩み寄った。

「何が山姫様じゃ！　何がお山の怒りじゃ！　所詮は汚い宿無し坊主の世迷言《よまいごと》、そんな話を誰が信じる！」

苛立ったゴロツキが勢いよく蹴飛ばすと、祠の板壁はあっけなく破れ、中に立っていた楕円形の石がごろりと転げた。ああっ、と高野が絶句する。

「お主、何ということを……！　塞の祠を何だと思うておる！」

「しつこいぞ坊主！　祟りでも起きるっちゅうんか？」

「そうじゃ！　起こせるもんなら――」

高野をからかうようにすごんでいたゴロツキたちの声が、ふいに途切れた。

その瞬間、ゴロツキたちだけではなく、祠の周囲に居合わせた全員の背筋を、ぞっ、と悪寒が走り抜けていた。

　突然の濃密な何者かの気配に、あるいは獣じみた明瞭な敵意に、義信は大きく息を呑んだ。鏡太郎も同じものを感じたようで、青白い顔で固まっている。

「泉先生も感じましたか」と義信が問うと、鏡太郎は小さくうなずいた。

「ええ。まるで魑魅魍魎《ちみもうりょう》にぐるりと取り巻かれたような、もしくは、月夜に映した地獄の絵の中に放り込まれたような……。しかし、この凄まじい気配は一体どこから
――あっ！」

　あたりを見回した鏡太郎が、高みを指差して声をあげた。

　それに釣られて、義信や高野や奨二など、その場の全員が、鏡太郎の指し示した先
――小山ほどもある大岩に目を向ける。

　見上げるような大岩の上には、いつからそこにいたのか、細い人影が立っていた。

　青白い月明かりを浴び、堂々と一同を見下ろしているのは、髪の長い女であった。

　見たところの年齢は二十四、五ばかり。すらりと細い長身に薄手の着物を纏い、眉は三日月に整えられ、ぱっちりとした二重瞼で、鼻はつんと高く、肌は雪のように白い。品のいい優しげな顔立ちをしていたが、面持ちはどこか寂しげで、その視線は真冬の冷水か氷のように冷たかった。

　無言で一同を見下ろす女の足下には、黒地に縞模様の着物を身に着けた十八、九歳

ほどの女が一人、従者のようにかしずいている。

「何じゃ、てめえは――」

「や――山姫様……！」

怯えたゴロツキと感極まった高野の声が、重なり合って岩場に響く。

杖を投げ捨てた高野ががばっとひれ伏すと、奨二や白糸たちは慌てて両手を合わせて頭を下げた。そんな中、眉根を寄せた義信が、自問するようにぼそりとつぶやく。

「あれが山姫……？　見たところ、普通の人間のようだが……」

「しかし、あの気配は只事ではありませんよ。それに、あの方が並の人間だとしたら、一体どうやってあの場所へ？」

義信の声に応じたのは鏡太郎だった。眼鏡の奥の大きな目を山姫に向けたまま、鏡太郎が口早に続ける。

「黒壁山の奥には、毎年決まった日の夜、年の離れた二人連れの女が現れる……。正しく伝説の通りです。見ての通り、あの大岩には登るための足がかりもなく、身を隠す場所もない。少なくともつい先刻までは、岩の上には誰もいませんでしたよね」

「確かに……。しかし、ではどうやって？　まさか天から降りてきたとでも？」

合理的な否定が返ってくることを期待して義信は尋ねたが、鏡太郎はそれに答えようとしない。一同の視線が集まる中、山姫はしばらく黙っていたが、やがて軽く肩をすくめ、意外にも気さくな口調で深みのある声を発した。

「とっくに廃《すた》れた風習と思っていたけれど、まさかこんなに集まるとはねえ。まだあどけない少年までいるじゃないか」

「えっ」

山姫に見下ろされた鏡太郎の呼吸がはっと止まった。元々大きかった目がいっそう丸くなり、白い頬に赤みが差す。

「何と美しく深い瞳……！　それに――」

感極まった鏡太郎が、体を震わせながら息を呑む。その大袈裟な反応に山姫は「おやおや」と嬉しげに微笑したが、そこにゴロツキの声が割り込んだ。

「おいこら、聞いとるのか女！　お前は何じゃと尋ねとるじゃろうが！」

「騒がなくても聞こえているよ。あのさ、君たち、祠を壊したよね？」

「祠？　それがどうした！」

「うん。山にはね、山の掟があるんだよ」

そう言うと山姫は大岩から飛び降り、ふわりと岩場に着地した。岩の上に残った従者が山姫を見下ろして声を掛ける。

「姫様」

「大丈夫。私一人で充分さ。掟を破った者に罰を与えるのも、山姫の役目だからね」

「罰……？　わしらを懲らしめると言いたいのか？　お前一人で？」

「そういうことさ。ああ、怖いなら尻尾《しっぽ》を巻いて帰っていいよ？　山は逃げるものには寛大なんだ」

「ふ……ふざけるな！　たたんじまえ！」

「へい！」

激昂した兄貴分の命令で、ゴロツキたちが一斉に山姫に飛びかかっていく。

まずい、と焦る義信だったが、拳や短刀が山姫に炸裂するかと思われたその時、ゴロツキたちの体がぴたりと止まった。

「な——何だ？」

「動かねえ……！」

ゴロツキたちが焦るが、その五体は中空に縫い留められたように、あるいは蜘蛛の巣に搦め捕られた虫のように、小刻みに震えるばかりで動かない。

義信や鏡太郎が啞然として見守る中、山姫は薄い笑みを浮かべると、短刀を構えたゴロツキへ堂々と近づき、その耳元に唇を寄せてささやいた。

「お前は——猿だ」

抑えているのに明瞭な声が岩場に響く。

さらに山姫が残りのゴロツキにも「お前は猪」「お前は蛇」「お前は飛蝗《ばった》」とささや

きかけると、見る間にゴロツキたちの様子が変わった。

「キ、キキイッ……」

「……ブモウ……」

とろんとした目つきになったゴロツキたちが、獣のような声を漏らす。

程なくして四人のゴロツキは、ある者は猿や猪のように四つ足で、ある者は蛇のように体をくねらせ、またある者は飛蝗のように飛び跳ねながら、森へ駆け込んでいってしまった。

森の奥へ姿を消したゴロツキたちを見送りながら、山姫が満足げに腕を組む。

「これでよし、と。運が良ければ三、四日で正気に戻るよ」

「まあ聞こえてないだろうけどね」と言い足す横顔はからりと明るく美しかったが、それだけに恐ろしくも見えた。

――牛か馬か、猿か蛙か蝙蝠か……。山姫様の息や指が触れたが最後、人は人でなくなり、飛んだり跳ねたりし始めると聞く。

先日、高野から聞いた話が、義信の脳裏に蘇る。あれはこういうことだったのかと義信は得心し、ぞくりと怯えた。

「心だけを獣に変えたのか……！」

「正確には、『獣に変えられた』と思い込ませたようですね。当人にとっては同じことでしょうが」

義信のつぶやきに鏡太郎が応じる。その双眸は未だ感激に見開かれていたが、表情や口調は冷静だ。「山姫とは何者なのです」と義信が小声で問うと、鏡太郎は「僕に聞かれても」と眉をひそめた上で続けた。

「おそらく、山に住まう人々――山人《さんじん》ではないでしょうか」

「さんじん……？」

「ええ。先日、山男や山女などと呼ばれる人々が山中にいるかもしれない、という話をしましたよね。彼ら……いえ、彼女らは実在していたんです。山の民は国民でも公民でもない存在であり、山に入って獣になるとは即ちそこに加わること。山の民はそうやって仲間を増やし、新しい血を受け入れてきたのではないでしょうか。義さんには、自ら祈念して天狗になった若党の話もしましたよね。覚えていますか？」

「え？　え、ええ……。かつての主人の夢の中に現れ、天狗に連れ去られた人を取り戻すためのお守りをくれたという話ですよね」

「それです。あの若党は自発的に山の民に加わったのではないでしょうか。里の者を連れ去ってしまう山中の怪異――天狗とは、すなわち山の民のことであり、天狗になった若党が残したお守りは、不本意な連れ去りを防ぐための目印だった……。そう考えると筋が通ると思いませんか？　それに――」

推測をつらつらと並べながらも、鏡太郎の目線は山姫に固定されたままだ。と、山姫はその熱い視線が気になったようで、鏡太郎へと振り返り、歩み寄って問いかけた。

「何だい、さっきからまじまじと。町の坊ちゃんには山の女がそんなに珍しいかい？　私が猿か何かに見えるのかな？」

　小柄な鏡太郎と女性にしては背の高い山姫とでは、頭二つほどの身長差がある。至近距離から見下ろされた鏡太郎は、元々紅潮していた顔を一層赤く染め、いいえ、と慌てて首を左右に振った。

「さ、猿だなんてとんでもない！　あなたはまるで――そう、白桃の花です！」

「これはまた、随分持ち上げられたものだね。私はただの汗臭い山女だよ」

「何を言われます！　あなたのような方の汗は薄紅になって流れるでしょう……！　いいえ、美しいだけではありません。あなたはそう、優しい中に強みもあり、気軽に見えて落ち着きもあり、いい意味で馴れ馴れしくてそれでいて素晴らしく品が良く、いかなることにも動じない強さをも備えておられるようで――」

　眉をひそめる山姫に向かって、延々と熱弁をふるう鏡太郎である。終わる気配のない過剰な賞賛に、義信は呆れつつも感心した。いつの間にか義信に近づいてきていた白糸と奨二が、ぼそりと抑えた声を発する。

「お熱いねえ。こんな熱心な口説き文句、そう聞いたことがございませんよ」

「車屋さん、鏡太郎はああいうお方がお好みなので……？」

「そのようですね」

なぜ俺に尋ねるんだと思いつつ、義信は小さく首肯した。

鏡太郎が母性を感じさせる年上の女性を好むことは知っていたが、ここまで食い付くところは初めて見る。どうやらこの山姫は、鏡太郎の好みのど真ん中だったようだ。

長々とした賞賛の言葉に、山姫はしばらく面白そうに聞き入っていたが、放っておくと永遠に終わらないと察したのか、「はいはい、ありがとね」とぞんざいに鏡太郎を遮り、高野や奨二らへと向き直った。

「――さてと」

仕切り直すように山姫が言うと、スッと空気が引き締まった。期待に満ちた複数の視線が山姫に向けられ、一同を代表するように高野が口を開く。

「ありがとうございます、山姫様。皆を迎えに来てくださったのですね」

高野のその言葉を受け、奨二たちが頭を下げる。だが山姫は、悲しそうに目を逸らし、そしてはっきりと首を横に振った。

えっ、と白糸が息を呑み、山姫の抑えた声が岩場に響く。

「確かに以前は、里から逃げ出した者を山に迎え入れていたこともあったさ。けれど、それも今は昔の話……。山はもう、誰も受け入れることはない」

「う、受け入れない？　それはまた、一体どうして……！」

「説明して分かってもらえるとは思わないけれど、一言で言えば、時代が変わったんだよ、お坊様。ともかく今の山には――今の私たちには、誰かを迎え入れられる余裕はない。今日は、それを告げに来たんだよ」

「そ、そんな……！　だったらどうして守ってくださったんです？」

「別に君たちを守ったわけじゃない。私はただ、山と里の境界を乱した不届き者を罰しただけのこと。山姫というのは、そういうものだからね」

愕然とする白糸の前で山姫は申し訳なさそうに肩をすくめ、崩れた祠に目をやった。高野を始めとした一同がおろおろと顔を見合わせ、青ざめた奨二が震える声で山姫に問う。

「どうしてですか、山姫様……！　山姫様がお見えになった時、黒壁山の言い伝えは本当だったんだ、これで助かると思ったのに……！　なら俺たちは、これから一体どうすりゃいいんです？」

「――自分たちで決めることだね」

山姫がそう短く告げた途端、一陣の風が岩場を吹き抜けた。

砂礫《されき》を巻き上げる強い風に、義信や鏡太郎を含めた全員が思わず目を閉じる。

そして皆が目を開けた時にはもう、山姫の姿はどこにもなかった。

岩の上に控えていたはずの従者らしき女の姿も、いつの間にか消えている。一同が静まりかえる中、最初に口を開いたのは高野だった。

「……山姫様は、山にお帰りになったのだ」

「そ、そんな……！　何もかも全部捨てて出てきたのに――どうしよう、どうする、白糸姐さん？」

「どうするって――逃げるしかないだろう」

狼狽する奨二の問いかけに、白糸がはっきりと切り返す。

えっ、と奨二が息を呑むと、白糸はきりっとした顔を上げ、その場の皆を見回した。

「だって、そうするしかないじゃありませんか！　ここに集まったのも何かの縁、みんな一緒に逃げましょうよ！　皆さん、名前も家も捨てて、死んだつもりで出てきたんでしょう？　人間、死ぬ気になったら、できないことなんてありゃしません！　山のお姫様が迎えてくれないってんなら、自分たちで居場所を探せばいいんですよ！」

まるで自分自身に言い聞かせるように、白糸が必死に言葉を重ねる。

売れっ子芸妓の提案に、十人ばかりの逃亡者たちは最初こそざわついたが、すぐにお互い顔を見合わせ、誰からともなくうなずき合った。

そうだな……それしかないな……といった声があちこちから響き、ややあって、高野が苦笑いを浮かべて口を開く。

「では、僭越ながら、拙僧が当座の案内を引き受けようぞ」

「え。お坊様が……？」

「何を驚かれる、白糸殿？　衆生を救うのが坊主の役目と申したじゃろうが。寺を焼かれ、里を離れて十年ばかり。山姫様ほどではないが、この山の道のことなら、多少は心得ておるつもりじゃ。人に知られず隣国まで移動できる洞窟の在処もな」

「それはまさか、飛騨に通じるという伝説の横穴……!?　実在したのですか？」

「やたら詳しいのう、お主」

鏡太郎の勢い込んだ反応に、高野が呆れて顎髭を撫でる。伝説や怪異譚に目がないのは知っていますが、今は自重しましょうよ泉先生、と義信は思った。

その後、鏡太郎と義信は逃亡者たちの一団を見送った。

「今宵のことは何も見なかったことにしておきます。これから大変でしょうけど、お気を付けて」と鏡太郎に声を掛けられた奨二は、ありがとうございます、と頭を下げ、隣の白糸と顔を見合わせた。

「苦労は色々あるだろうが、白糸姐さんと一緒なら、どこでだってやっていけるさ」

「おやおや。頼もしいことを言ってくれるじゃないか。頼りにさせてもらうよ」

「大船に乗った気持ちでいてくださいよ！　元々、二人で駆け落ちするつもりだったんだから、仲間が増えた分だけ心強いってもんです」

奨二はそう言って明るく笑ってみせたが、ふいに不安げに顔を曇らせ、微かな声をぼそりと漏らした。

「でも、姐さんを守り切れるかどうか……。いっそ、獣にしてもらいたかった」

「え？　今、何と」

「ああいや、何でもねえ！　じゃ、鏡太郎と車屋さんもお元気で！」

問い返した鏡太郎に向かって慌てて頭を下げると、奨二は白糸とうなずき合い、他の逃亡者たちとともに、高野に先導されて山の奥へと消えていった。

気が付けば、あたりには夜霧が立ち込めていた。

霧の中に一団が消えていく風景を見つめながら、鏡太郎は「まるで雲に吸い込まれていくようですね」とつぶやき、彼らの無事を祈るかのように手を合わせた。

＊＊＊

義信と鏡太郎が山を下りると、もう東の空は白み始めていた。

一晩を山中で過ごしてしまったと気付くと、途端に眠気がこみあげてくる。義信は小さなあくびを漏らし、人力車に乗る鏡太郎へと語りかけた。

「まるで夢を見ていたような晩でしたね」

「同感です。実に得難い体験をしました。山姫様の力については、合理的に説明できなくもないですが……」

満足そうに人力車の座席にもたれた鏡太郎が語尾を濁す。その言葉に、車を引こうとしていた義信は思わず振り返り、大きく眉をひそめていた。

「合理的に説明できる？　俺にはとてもそう思えませんが……。第一、泉先生も目を輝かせて感嘆していたじゃないですか」

義信がそう指摘すると、鏡太郎は一瞬口ごもり、恥ずかしそうに小声を漏らした。

「あれはその、興奮のあまり、熱に浮かされてしまっていたと言いますか……。『信じたい』という気持ちもあったのでしょうね。でも、少し時間を置いて冷静になると、色々理屈を思いついてしまうのです。たとえば、ゴロツキたちの動きを止めたのは見えないほどに細い糸、獣のようにしたのは一種の催眠術と考えればいい。いつの間にか崖の上に立っていたり消えたりした仕掛けは分かりませんが、山姫様たちはあの山のことを熟知しているのでしょうし、しかも真夜中ですからね。こちらの不意を突く方法はいくらでもあるはず。真の怪異と認定することはできないかな、と」

「な、なるほど……。ということは、今回も受講料の方は」

「残念ながらタダにはできませんね。それにしても、山姫様は素晴らしかった……」

山を見上げた鏡太郎がうっとりと語る。義信が「確かにお綺麗な方でしたよね」と相槌を打つと、鏡太郎は深くうなずき、こう続けた。

「見た目も麗しかったですが、それだけではありません。里の我々が知らない世界、知らない人々が、我々のすぐ傍に存在している——存在し続けている。僕はそのことに深い喜びを感じるのです。できることならもう一度お会いして、色々話を聞いてみたい……」

まだ暗い山を見つめたまま、鏡太郎がしみじみと言葉を重ねる。

昨晩の出来事は義信にとっても忘れ難いものだったが、この少年の中には二度と消えることがないほど深い印象が残ったようだ。義信は「出しますよ」と声を掛け、梶棒を摑んで歩き出した。

「そう言えば泉先生。今思い出したのですが、山姫を見た時、『それに』と言っておられましたよね？　あの後、何を言おうとされたんです？」

眠気覚ましの気軽な話題のつもりで義信は尋ねたのだが、答えは返ってこなかった。もう寝たのだろうかと訝しんだ義信が振り返ると、鏡太郎は少しだけ沈黙し、普段より小さい声で告げた。

「——似ていたのです」

「似ていた？」

「ええ。あの方……山姫様の面持ちは、亡くなった母によく似ていたのです」

「どうしてかは分かりませんが」と言い足しながら、鏡太郎が眼鏡越しの視線を黒壁山へと向ける。寂しげに、そして愛おしげに山を見上げる鏡太郎に、義信は、そうですか、と相槌を打つことしかできなかった。

# ❁「高野聖」と黒壁山

「高野聖」は明治三三年（一九〇〇年）に発表された短編。列車の中で旅の僧侶と知り合った「私」は、僧がかつて深山に迷い込み、訪れたものを動物に変えてしまう魔性の娘のところで一夜を明かすに至った顚末を聞かされる。「旅人馬」として知られる昔話や白山や松任に伝わる伝説を踏まえて書かれたもので、泉鏡花の代表作の一つとされる。

鏡花作品における深山は、怪異の跋扈する異界であると同時に、傷ついた魂の救済の場としても位置付けられている。深山の異界に善とも悪ともつかない不思議な力を持った美女が存在している……というモチーフを鏡花は好んで多用し、同様の設定は「高野聖」の他にも「蓑谷」「龍潭譚」「女仙前記」等、多くの作品に見ることができる。

鏡花作品には様々な山が登場するが、中でも金沢近郊の魔所として知られる黒壁山はお気に入りの土地であったようで、「黒壁」や「妖僧記」では黒壁山のことを「加賀国随一の幽寂界」「魔境を以て国中に鳴る」などと物々しく描写している。

# 第三話　「夜叉ケ池《やしゃがいけ》」

すなわち、草を分けて山の腹に引上せ、夜叉ケ池の竜神に、この犠牲《いけにえ》を奉るじゃ。が、生命は取らぬ。さるかわり、背に裸身《はだかみ》の美女を乗せたまま、池のほとりで牛を屠って、角ある頭《こうべ》と、尾を添えて、これを供える。……肉は取って、村一同冷酒を飲んで啖《くら》えば、一天たちまち墨を流して、三日の雨が降灌《ふりそそ》ぐ。田も畠も蘇生《よみがえ》るとあるわい。

（泉鏡花「夜叉ケ池」より）

北国である金沢の冬は長いが、それでもさすがに三月半ばを過ぎると春めいた日が増えてくる。

三月下旬の晴れた日の昼下がり、いつものように人力車を引いていた義信は、犀川《さいがわ》のほとりで見覚えのある背中を見かけて足を止めた。

犀川は金沢の市中を流れる川の一つで、澄んだ水が穏やかに流れる浅野川が「女川」と呼ばれるのに対し、こちらの犀川は流れが激しく雄々しいところから「男川」と称されている。堤防の石積みに腰かけ、どうどうと流れる大河をぼんやり見つめる小柄な少年に、義信は「泉先生ではありませんか」と声を掛けた。

「ここのところ何回か講義を休んでしまい、申し訳ありませんでした。やっと勉学の面白さが分かってきたところなのに、仕事が入ってしまいまして」

そう言って頭を下げ、義信は首にかけていた手拭いで首元の汗を拭った。

「今日はもう暑いくらいで、いよいよ春ですね。今、兼六園《けんろくえん》までお客を乗せてきたところなのですが、梅が満開で……あの、泉先生？　どうかされたのですか？」

とりとめのない世間話を中断し、義信は鏡太郎を見下ろした。

普段は口数の多い鏡太郎がここまで黙っているのは珍しいし、考えてみれば、こんな場所で一人で座り込んでいることからして変だ。と、鏡太郎は堤防に座り込んだまま、抱えた膝に顔をうずめるようにして、ぼそりと言った。

「……四高」

「しこう？　ああ、泉先生が受験される学校ですよね。そう言えば先ごろ入試が」

「落第しました」

そう言うと鏡太郎は長く大きな溜息を吐き出し、ようやく顔を上げた。泣きはらしたように赤く潤んだ目が、じろりと義信に向けられる。

「……義さん。今、『言わんこっちゃない』と思いましたよね。『お化けなんかにかまけているから、こういうことになるのだ』と」

「まあ確かに――あ、いや？　そんなことはないですよ！」

「隠さなくても結構です。みんなそう思っているのは分かっているので」

「みんな、と仰いますと」

「それはもう、みんなです。落第したと告げたら、父には呆れられましたし、塾の井波先生にはさんざん叱られました。お前には塾に通わせてくださった親にご恩を返したい、ひいては国家のために尽くせる人材になりたいという気持ちが足りておらんのだ――と。まあ、そういう心持ちで頑張れる人もいるんでしょうが……」

鏡太郎はそこで言葉を区切り、再び大きく嘆息した。自分はそういう部類の人間ではないのだ、と言いたいようだ。

「井波先生は、『一度先生と呼ばれたからには、出来の悪い教え子の人生にも責任を負う。それが先生、それが師というものだ』という信念をお持ちで……それ自体は立派なのですが、終わってしまったものはもうどうしようもないというのに……」

「泉先生……」

返す言葉に困った義信は、とりあえず鏡太郎の隣に腰を下ろして足を投げ出し、頭を掻いて口を開いた。

「無学な俺が言えることでもないですが、四高の倍率は物凄いし、入試も相当難しいのでしょう？　何しろナンバースクールは、帝国大学へ入れる人材を育てる学校なわけですから」

鏡太郎の横顔をちらりと見やり、義信は聞きかじった知識を口にした。

当時、明治政府は人材育成に力を入れており、最高の教育機関である帝国大学へ全国から優秀な人材を集めるべく、東京・仙台・大阪・金沢・熊本の五か所に高等中学校を設立した。「第一」から「第五」の数字が冠されたこれらの学校は「ナンバースクール」と総称され、このうち金沢に設けられたのが「四高」こと第四高等中学校、後の金沢大学である。義信が語ったように競争率は高く、明治二十年代の記録によると、開校以来の合格率は三七パーセントであり、しかも入学者のうち四八パーセントが退学したという。

　義信に労われた鏡太郎は、げっそりした顔で首を横に振った。

「義さんの言っているのは本科の話でしょう。あっちは十月入学ですから、こんな時期に受験なんかありませんよ。僕が受験したのは、尋常中学校相当の予科補充科です。帝国大学入学を目指す本科の予備教育のための予科の、そのまた予備教育のための課程です」

「そんなに何年も勉強を？　凄いですね……」

「確かに長いですよね。人材育成に年月をかけるのは悪いことではないと思いますけど……まあ、もはや僕には関係ないことです。落第したわけですから」

　鏡太郎の自虐的な声が静かな犀川縁に響く。感情があまり表に出ない性格故、その表情はいつものように冷静だったが、それだけに潤んだ眼が痛々しく、義信の胸は痛んだ。

「英語と国語は出来たんですけどね……。数学が……」

　そう言って鏡太郎は何度目かの溜息を落とし、血色の悪い顔を義信へと向けた。

「ああ、僕のことはお気遣いなく。どうぞお仕事に戻ってください」

「お気遣いなくと言われても……」

困った顔で義信が応じる。当人は自覚していないようだが、今の鏡太郎の顔色はすこぶる悪く、一人にすると川に飛び込みそうだ。義信は「お気持ちは分かります」とうなずいた上で腰を上げ、鏡太郎に向かって手を差し出した。

「行きましょう。こういう時は気分転換です」

＊＊＊

「……で、貸本屋に連れてきたわけですか」

義信が犀川で鏡太郎と出くわした少し後、香林坊の貸本屋の店先にて。

義信からいきさつを聞かされた瀧は、心底呆れた顔になった。

「憂さ晴らしに貸本屋来る人、わたし、初めて見ましたよ」

「しかし、泉先生の場合、酒だ飯だ、芸者遊びだ、という感じでもないでしょう。俺の知っている範囲で、泉先生がお好きな場所となるとここくらいしか……。本人はずっとあの調子なので、どこに連れていけとも仰いませんし」

そう言って義信は頭を掻き、貸本屋の奥へ目をやった。

鏡太郎は店の奥の草双紙の集められた棚の前で、義信たちの話を聞いているのかいないのか、黙々と古い和綴じ本を読んでいる。

いつも元気な瀧に会わせれば少しは調子が戻るかも、と義信は思っていたのだが、そう簡単にもいかないようで、鏡太郎の顔色は依然として悪い。瀧が痛ましそうに胸を押さえて眉をひそめる。

「でも、鏡太郎さんも大変ですよね。辛いことが立て続けに……」

「立て続け？　落第の他にも何かあったのですか」

義信が眉根を寄せると、瀧は元々大きな目をきょとんと見開いた。噂に詳しい看板娘の顔になった瀧が、ちょいちょい、と義信を手招きし、耳元に小声で話しかける。

「……お嫁入りの話、聞いてないんですか？」

「お嫁入り？　どなたのです」

「湯浅《ゆあさ》しげちゃん。新町通りの時計屋さんの娘さんで、鏡太郎さんのご近所で、二つ上の幼馴染です。昔から仲が良かったらしくて、鏡太郎さんは凄く慕っていました」

「ふむ。つまり泉先生はその娘さんのことを……？」

「だと思います。で、そのしげちゃん、来月のお嫁入りが決まったそうで」

「あー」

瀧の小声の報告に、義信は思わず呻くような声を漏らした。

男子が少し年上の女子に惹かれるのはよくあることだし、特に鏡太郎は筋金入りの年上好きだ。思いを寄せていた相手が結婚するとなれば、心の痛みは想像も付かない。

「なるほど、それは落ち込みますね……。教えてくれてありがとうございます。俺はてっきり、お瀧ちゃんのお嫁入りかと」

「え。わたし？」

「失敬な」

自分を指差して驚く瀧の声に、鏡太郎がぼそりと漏らした声が被さった。どうやら義信と瀧のやりとりをしっかり聞いていたらしい。義信と瀧が向き直った先で、鏡太郎は本を棚に戻し、腕を組んで続けた。

「別に僕は、瀧が結婚しても特に傷付きませんよ」

「こ、こっちこそ失敬な……！　大体わたしには、ちゃんと許嫁《いいなずけ》がいるんですからね？　鏡太郎さんなんかよりずっと優しい人が！」

眉尻を吊り上げた瀧が鏡太郎を睨む。それを見返した鏡太郎は、訝るように眉をひそめ、すたすたと瀧に歩み寄った。いきなり距離を詰められ、瀧の顔が赤くなる。

「な、何です……？」

「うん。さっきから思っていたが、今日の瀧はいつもよりも賑やかで、そして華やかだ。うっすら化粧もしているが、何かあったのか？」

「え？　わ、分かっちゃうんですか……？　みんな気付いてくれなかったのに……もう、そういうところがずるいんだから……！」

嬉しそうにもじもじと照れる瀧である。「お瀧ちゃんは今日も普段通り明るくて元気だなあ」としか思っていなかった義信は、鏡太郎の見る目に舌を巻き、そんな義信に瀧がじろりと横目を向けた。

「車屋さんは気付いてませんでしたよね」

「面目ない……。で、何があったんです、お瀧ちゃん」

「あ、聞きたいですか？　ふふーん、なら教えてあげましょう。実はですね、わたし、神様に選ばれちゃったんです！　村第一の美女として！」

「……神様？　それに、『村』も何も、ここは金沢町ですが」

「来年からは金沢市ですけどね。それはともかく、瀧が第一の美女というのは、一体何の冗談だ」

　堂々と胸を張った瀧を前に、義信と鏡太郎が揃って困惑する。その反応に瀧は「神様に選ばれた美女に向かって失礼な！」と憤慨し、その上で二人に事情を説明した。

　曰く、瀧の母親は、金沢にほど近い「琴弾村《ことひき》」という山村の出身なのだが、今年は雨が少ないため、久々に雨乞い神事を行うことになったのだという。「白雪明神《しらゆき》」という村の神社に伝わる雨乞い神事では、村第一の美女が「白雪姫《しらゆきひめ》」と呼ばれる巫女の役を務めるならわしで、神主が行った託宣の儀式の結果、瀧が選ばれ、その知らせが今朝届いたとのことであった。

説明を聞き終えた義信は「なるほど」とうなずき、首を傾げた。

「金沢は雨が多い土地だと思っていましたが、雨乞いをしなければならないようなところもあるんですね」

「琴弾村は山の上で、あんまり雨雲が来ないらしいんですよ」

「ほう。その琴弾村というのは、どのあたりにあるんです？」

「車屋さん、湯涌《ゆわく》温泉は分かります？　金沢の奥座敷とも呼ばれる湯治場です」

「浅野川の上流ですよね。何度か送迎で行きましたが、あのあたりですか？」

「じゃなくて、そこまで行く途中、戸室山《とむろやま》の近くにある小さな村です。住んでる人は確か、三百人もいないんじゃなかったかな」

「ちなみに戸室山は三日月形の光を放つ奇妙な石が見つかったことで有名ですね」

瀧の解説に鏡太郎がすかさず口を挟んだが、それを聞いた瀧は無言で顔をしかめた。どうせ全然有名な話ではないのだろうな、と義信は思った。

「事情は分かったけれど」と鏡太郎が続ける。

「白雪明神の託宣で決まるなら、美女かどうかは関係ないんじゃないか？　第一、瀧は琴弾村の住人じゃないだろう。なぜ候補に入っているんだ？　村に女性がいないわけでもなかろうに」

「そんなことは知りません。おっかさんも目を丸くしてたけど、でも、光栄な話でしょ？　神様直々のご指名なんですよ？　ほらほら、拝んでもいいですよ」

「お前を拝むくらいなら黒壁山を拝んだ方がましだ」

「何ですって！」

鏡太郎の冷淡な対応に、瀧がキッと眉を吊り上げる。少年少女の賑やかなやりとりを義信が微笑ましく見守っていると、そこに「瀧？」と呼びかける声が響き、店の奥に通じる暖簾の中から、小柄でふくよかな中年女性が顔を出した。

この店の主人の妻で瀧の母親・春《はる》である。義信や鏡太郎とも顔馴染みである春は、二人に気付いて会釈し、瀧に声を掛けた。

「ちょっと問屋まで出てくるから、店番を頼むよ。おっ父《とう》は奥にいるから……。鏡太郎ちゃん、それに車屋さんも、いつもありがとうございます」

「いえいえ、俺はただの泉先生の付き添いですから。お瀧ちゃんが雨乞い神事のお役目に選ばれたそうで、おめでとうございます」

「え？　ええ……まあ、ねえ……」

義信の言葉を聞くなり、ふいに春の顔が曇り、視線がスッと下を向く。誇らしげな笑みか謙遜が返ってくると思っていた義信は、その反応に面食らった。春は娘の瀧同様に明るい性格で、普段は押しつけがましいくらいに饒舌《じょうぜつ》なのに、何かあったのだろうか。

鏡太郎も同じ疑問を覚えたようで、首を傾げて瀧を見た。「おばさんはどうしたんだ」と視線で問われ、瀧が戸惑い気味に応じる。

「今朝からこんな感じなんですよ。せっかくわたしが白雪姫に選ばれたのに」

「『せっかく』……？」

瀧が口にした言葉を鏡太郎が繰り返す。瀧と義信が見守る中、鏡太郎は春に向き直り、「『せっかく』ではないのでは？」と続けた。

「今おばさんは、義さんが雨乞い神事の話題を出した途端に暗い顔になりました。まるで、白雪姫に選ばれてしまった娘のことが心配だと言っているかのようだ」

「――えっ」

春の顔がさっと青ざめ、それを見た義信と瀧は驚いた。

春はとっさに「そんなわけがないだろう」と笑ってみせたが、取り繕っているのは一目瞭然だ。黙り込んだ義信がじっと見つめ、さらに不安な顔になった瀧が「雨乞い神事に何かあるの？」と尋ねると、春は観念したように口を開いた。

「そうだねえ……。心配させたくなかったから黙っていたけど、隠しておいても仕方ないものねえ。琴弾村の者なら、みんな知っていることだし……。よくお聞き、瀧。白雪明神様の雨乞い神事は、確かに効く。でもね」

そこで一旦言葉を区切り、春は娘の顔を見据えてこう言った。

「白雪姫役を務めた娘は皆、神事のすぐ後に亡くなっているんだよ」

「えっ……!?」

母親が真顔で発した言葉に、瀧は息を呑んで絶句した。

義信も言葉を失い、短い沈黙の後、真剣な面持ちになった鏡太郎が春へ問いかける。

「どういうことです。まさか白雪姫役の娘を生贄として命を奪っ――」

「滅多なことを言うもんじゃないよ！　雨乞い神事は、私が小さかった頃、三十年ばかりも前に一度見たことがあるけど、そんなことは絶対にない。白雪姫役の娘を、鞍を着けた黒牛に乗せてお池に連れていき、そこで神主さんが祝詞《のりと》を唱えて、みんなでお酒を飲むだけさ。その後、牛を殺して……」

「こ、殺しちゃうの？」

「落ち着け瀧。牛を殺し、水源の神である大蛇や竜神に捧げる儀式は日本中に伝わっている。決して珍しいものじゃない」

青ざめて震える瀧の隣で鏡太郎が冷静に言う。そうなのか、と感心する義信が見守る中、鏡太郎は落ち着いた表情のまま、さらに春に問いかけた。

「殺した牛はどうなるのです？　おそらく池に首を投げ込むのでは？」

「その通りだよ。池のほとりで牛を屠って、頭と、それに尻尾を池に沈めるのさ。昔から、あの池には竜神様がおわすと言われているからね……」

「水を司る竜神というわけですか。このあたりでは珍しいですね」

「そうなの？」

「金沢には大蛇の話は多いけれど、竜の話はあまり聞かない。強いて挙げるなら、元禄四年（一六九一年）、中町の屋敷の天井裏に隠れて住人の血を吸っていた一尺（約三〇センチメートル）の竜くらいだが――ああ、すみません、話が逸れました。おばさん、続きをお願いします。」

「残った肉は氏子《うじこ》一同で食らうのさ。牛の頭と尻尾を池に入れて、その後は？」

「さらに酒を飲んで池を拝めば、一天たちまち墨を流したようにかき曇り、三日の雨が降り注ぐ、田も畑も蘇る。昔から一度もその験《しるし》のないことはない……。私はそう聞かされたし、私が子どもの頃の雨乞いの後にも、実際雨は降ったんだ。だけど……」

「白雪姫役の娘が亡くなった……？」

　鏡太郎が尋ねると、春は黙ってうなずいた。その深刻な顔を前に、義信と瀧はどちらからともなく顔を見合わせ、首を傾げた。

「あの……どういうことです、お春さん？　今の説明を聞く限り、どこにも危険なところはなさそうですが」

「うん。なのにどうして白雪姫の女の子が亡くなるの……？」

「分からないんだよ。でもね、白雪姫役を務めた娘は、雨乞い神事が終わって何日も経たないうちに——早い時はその日の間に——自ら、命を絶ってしまうんだ」

「自ら？」

「そうなのさ。池や川に身を投げたり、首を吊ったり……。子どもの頃の雨乞いで白雪姫に選ばれた娘さんは、翌朝に崖下で亡くなっているのが見つかった。それを知った大人たちは、口々に、今回も竜神様に呼ばれたんだ、神様のお召しだ……って言っててねえ。私が村を出たのは、怖かったからでもあるんだよ」

「そ、そんな話……初めて聞いた……！」

瀧の顔から血の気が引いていく。見つめられた春は顔を伏せ、沈んだ声で続けた。

「わざわざ言うことじゃないと思っていたんだよ。雨乞い神事は、私が見たのを最後に、一度も執り行われていないと聞いていたし、だから、もう終わった話だと思っていたけど……まさか今になって、しかもお前が選ばれるだなんてねえ……」

「おっかさん……」

青ざめた瀧が息を吞む。重たい沈黙が広がる中、義信はおずおずと春に尋ねた。

「あの、断るわけにはいかないのですか……？　お春さんはもうその村の住人ではないわけですし、だったら、強制される謂れはないのでは」

「村を出たとはいえ、縁が切れたわけじゃないんですよ。親も親戚も向こうにいるし、ご先祖のお墓だってありますし、後々の付き合いのことなんかを考えるとねえ……」

「……ああ、なるほど」

天涯孤独な身の上の義信だが、しがらみや縁というものの重さはよく知っている。

義信は納得しつつ共感し、その上で訝った。

誰かが殺しているならともかく、特定の役職を務めた者が自発的に必ず命を絶つなど、そんなことがありえるのだろうか……？

「どういうことです、泉先生。まさか本当に竜神が招いているとも」

「分かりません」

義信が言い終えるより早く鏡太郎が口を開いた。義信が見下ろし、瀧と春が振り返った先で、鏡太郎は眼鏡の奥の双眸に好奇心をゆらめかせ、口早に続けた。

「確かに不思議な話ですが、分かっていることが少なすぎる。その雨乞い神事はいつ始まったのか。白雪明神はいつ建てられ、神事は昔からその形式なのか。これまで何度行われ、白雪姫は何度死んだのか……。ご存じですか、おばさん」

「い、いや、私はそこまで詳しいことは」

「分かりました。では調べてみます」

「調べる？　鏡太郎ちゃんがかい？」

「ええ。どうせ今は暇ですからね」

自嘲気味に言った後、鏡太郎は瀧を見つめ、「瀧もこのままでは不安だろう？」と言い足した。その問いかけに、蒼白だった瀧の顔にほんの少し赤みが戻る。

「あ、ありがとう、鏡太郎さん……！　お願いします！」

「私からもお願いしていいかい？　常連さんに頼むことじゃないとは思うけど、私や亭主が嗅ぎ回ると、いろいろ角が立つからねえ……。いや、その、決して、神社や村を疑っているわけではないんだけれど……」

「『白雪姫役を断れる明確な理由が欲しい』。そうですね？」

言葉を濁す春の気持ちを読んだかのように鏡太郎が問い返す。春が黙り込んで瀧と顔を見合わせると、その反応を肯定と理解したのだろう、鏡太郎はうなずき、しれっとした顔で言い足した。

「ああ、おばさんや瀧の名前は出しませんのでご安心を」

「……ありがとう。すまないねえ」

「鏡太郎さん……！　ありがとうございま――」

「礼を言われることじゃない。あくまで僕が好きで調べるだけのことだから」

瀧にそう告げる鏡太郎の顔色は、店に来た時より明らかに良くなっている。この少年の心を癒すには、怪異や不思議の話が一番のようだ。そのことを義信は改めて理解し、「手伝いますよ、泉先生」と口を開いた。

＊＊＊

翌日、鏡太郎は早速義信とともに琴弾村を訪れた。

鏡太郎は褪せたパナマ帽に着物に袴という出で立ちで、義信は普段通りの車夫の服装だったが、人力車は引いていない。村に通じる山道が思っていた以上に険しい悪路だったので、途中の茶店に停めてきたのである。

曲がりくねった坂道を延々歩いて辿り着いた琴弾村は、幕藩時代がそのまま続いているような、鄙《ひな》びた農村であった。ガス灯も石油ランプも石畳も洋館もなく、田畑で働く村人は皆、着古した野良着姿で、洋服も馬車も人力車も見当たらない。

「金沢の町中から半日も掛からない距離に、まだこんな村があったんですねえ」

「あんまりまじまじ見回すと怪しまれますよ、義さん。ただでさえ、余所者が珍しい場所なんですから」

「失礼しました」

隣を歩く鏡太郎の助言に、義信は肩をすくめ、体を軽く震わせた。山の上はまだ春が来ていないようで、市街に比べて肌寒い。

鏡太郎の言うように、ここの村人は警戒心が強いようで、つい先ほども、白雪明神の場所を聞いただけで逃亡犯を見るかのような目で睨まれてしまった。

「場所を教えてもらえただけ助かりましたけど」

「ですね。大人の義さんがいてくれて良かった。僕だけだったら、相手にされなかったかもしれません」

「どういたしまして。まあ、俺はそれくらいしか役に立ちませんから」

「ご謙遜を。いつも町内の怪しい噂を教えてくださるではないですか。それにタダで車に乗せてくれますし、僕はとても助かっています」

「……要するに、泉先生にとっての俺は、単なる情報源で交通手段なわけですね」

「そうですが？」

そんなことを話しながら、教わった通りに村を通り抜け、険しい坂道を下ると、そこに池が広がっていた。

「美しい……！　それほど大きいわけではないのに色は深く底知れず、何とも言えない凄味があって……。竜神が棲んでいると言われるのも分かります」

足を止めた鏡太郎が感嘆の声を漏らす。山間の窪地にたゆたう大池の広さは田圃十枚分ほどで、水面の色は翠玉か孔雀石を溶いたような深緑であった。

目指す白雪明神は、池のすぐ近くに、木々に囲まれて建っていた。石造りの鳥居をくぐった先に、手前の屋根が張り出した流造《ながれづくり》の拝殿がそびえ、拝殿には大ぶりな瓶子が供えられている。静まりかえった参道の脇には、こぢんまりとした社務所と鐘突き堂が並んでいた。

「神社なのに鐘突き堂というのは珍しいですね。お寺にあるのはよく見ますが」

「昔ながらの神仏習合形式なのでしょう。改元以来、国家神道の整備と併せ、神社と寺院の分離が進められたことは義さんもよくご存じでしょうが、こういう山里にはまだ古い形も残っているんですね。しかし話を聞きたいのに、誰もいないのは困りましたね」

義信の疑問にそつなく答えつつ、鏡太郎が静かな境内を見回した。

その後、社務所に呼びかけてみても返事はなく、近くの蔵や作業小屋にもひと気はなかった。だが、小屋のさらに奥の畑まで行くと、野良着を着た壮年の男が一人、黙々と草を抜いていた。

男の年齢は四十代半ばで髪は短く、手足も顔も日に焼けている。義信たちに気付いた男が顔を上げて問いかけた。

「どちら様ですかな。村では見かけたことのないお顔ですが」

「初めまして。僕は金沢から参りました泉と申します。白雪明神のご霊験の話を聞き、ぜひ参拝したいと思って足を運んだ次第です。神社や神事の謂れなどを知りたいのですが、どなたか詳しい方をご存じではないですか？」

「それは感心な……。でしたら、わしがお答えしましょう。おっと、申し遅れました。わしは白雪明神の当代の神主、志神泰然《しがみたいぜん》と申します」

熟練の農民にしか見えない男はそう言って一礼し、ぽかんと驚く鏡太郎たちを見返して、「神主には見えぬと仰りたいのでしょう？」と笑った。


志神は気さくな人物で、「小さな村の小さな神社ですからな。神主だけでは食うていけんで、麦や茶や野菜やら、それに薬草などを育てております」と苦笑しながら、鏡太郎たちとともに神社へ向かい、よく冷えた湧水をふるまってくれた。

山道をずっと歩いて疲れた身には冷たい清水はことのほか美味で、二人は社務所の前の縁台に座ってものも言わずに水を飲み、揃ってプハッと息を吐いた。「ごちそうさまでした」と鏡太郎が頭を下げる。

「この水は、ここで湧いたものですか？」

「ええ。神社の向こう、お池を囲むように切り立った岩壁から染み出してくるのを、筧に受けて溜めております。細い流れですが、それが石に当たると、りん、りんと良い音がしましてなあ……。まるで琴の音色のようなので、この地に琴弾村の名が付いたと言われております。今年のように雨が少なく、皆が難渋している時でも、池の周りだけは水が枯れることはないのですよ。おかげで作物や薬草もよく育つ。竜神様の思し召しですな」

「それなら雨を待たずとも、田畑に池の水を使えばいいのでは？」

湯飲みを置いた義信が問いかけると、志神は分かっていないなあと言いたげに苦笑いを浮かべ、ゆっくりと首を横に振った。

「見ての通り、ここは坂の下ですからな。上の村まで汲み上げるのは骨が折れます。それに、お池の水を運べたとしても、村の衆は使いませんよ。お二方は、夜叉ヶ池《やしゃがいけ》はもうご覧になりましたか？」

「あのお池は夜叉ヶ池と言うのですか？　先ほど拝見しましたが、何とも凄味のある池でした。まさしく竜が棲んでいそうな……」

「そうでしょう、そうでしょう。泉君の言う通りです」

鏡太郎の感想に、志神は嬉しそうにうなずき、池の方角に目をやった。

「村の衆は、お池の水底には竜神様が棲んでおり、お池の水には竜神様やご眷属の鱗が交じっていると信じております。故にこそ、おいそれと使おうとはせんのですわ」

「竜神様だけでなく、池にも畏怖の念を抱いているというわけですね。それで――」

興味深い顔で相槌を打った後、鏡太郎が話題を切り替える。眼鏡越しの視線で見上げられた志神は、「神社の謂れでしたな」と頭を搔き、おごそかな口調で話し始めた。

「前田家ご入城の頃と言いますから、今から三百年ほど前のこと……。この琴弾村の人々は、夜叉ヶ池の主に怯えながら暮らしておりました。池の主は、毎年生贄を求め、大事な牛馬を食い荒らし、時に大嵐や山津波を起こすという恐ろしい竜でしたが、何より厄介だったのは、竜神の機嫌を損ねると、雨が降らなくなってしまうこと。ある日照り続きの年、竜神は生贄として、『白雪姫』という名の、村一番の美しい娘を求めました」

「白雪姫……。雨乞い神事で演じられる役名ですね」

「はい。白雪明神の名の由来でもありますな。白雪姫は美しいだけでなく、賢く、勇ましい娘で、自ら進んで池に入り、自分を食おうとした竜神に、村人がいかに苦しんでいるのかを懇々《こんこん》と諭しました。白雪姫の心に打たれた竜神は心を入れ替えて雨を降らせ、これからは村のために尽くすと約束したのです。そして、鐘を日に三度鳴らして、日々、約束を思い出させてくれと」

「鐘ということは、あの鐘突き堂の」

「左様です。日に三度の鐘を忘れると、たちどころに大雨、大雷、大風とともに夜叉ヶ池から津波が起こり、村も里も水の底に葬って、竜神は想うままに天地を馳せると伝えられております」

　そう言って志神は鐘突き堂に向き直って一礼した。見た目はありふれた農民だが、さすが神主だけあって所作は洗練されている。話を聞き終えた鏡太郎は志神に礼を言い、興味深そうな顔で続けた。

「となると、雨乞い神事は、白雪姫の故事を再現することで雨を招くためのものなのですね。義さんはどう思われましたか？」

「え、俺ですか？　そうですね……。まあ、あくまで言い伝えなのでしょうが、昔は本当に生贄を捧げていたというのは驚きました」

「生贄を求める怪物の話は加賀には多いんですよ。能登《のと》の『猿鬼』が有名ですが、他にも蟹だったり蛇だったり蜘蛛だったりと色々です。ここの場合は竜ですが、山中の水源の主といえば竜か大蛇ですから別に意外だとは思いません。夜叉ヶ池の主の話も有名ですしね。と言っても、僕の知っていたのは、ここことは違う夜叉ヶ池ですが」

「同じ名前の池が、越前《えちぜん》と美濃《みの》の国境あたりにもあるそうですな。そこにも竜神伝説が伝わっているとか」

　鏡太郎の解説を志神が補足する。そうです、と鏡太郎がうなずいた。

「夜叉ヶ池の竜神伝説は、北陸一帯から近江まで広く語られているようですね。話の中身も色々で、雨の代償に貴人の姫を求めるだけでなく、女性ではなく美しい僧を求めたり、自分と後妻との仲について寺に愚痴をこぼしにきたりと、幅広いものが知られています」

「竜神も色々大変なんですね。ということはここの伝説は、その系譜の一つ？」

「神主としては、『うちには昔からそう伝わっております』としか申せませんなあ。文明開化の世では、そういう伝説を信じる人も減っているようですが……。若い人はどんどん町に出ていってしまいますし、国家神道の整備が進むほど、うちのように神仏習合形式を残している古い神社は肩身が狭くなる一方で……。いやはや、しんどい話です」

義信が口にした疑問を受けた志神が大きな溜息を落とす。その語り口は依然として穏やかで、物腰の柔らかいこの神主に、義信は好感を抱き始めていた。

だが、鏡太郎が雨乞い神事で白雪姫役を務めた娘のことを尋ねた途端、志神の表情は一変した。人当たりのいい微笑が消え、痛々しい影が差す。

「……ご存じなのですな。そうです。雨乞い神事で白雪姫を務められた娘さんは皆、儀式から数日以内に、自ら命を絶っておられます」

神主が放ったその言葉に、義信はぎょっと目を見開いた。思わず立ち上がった鏡太郎が「噂は本当なのですか？」と尋ねると、志神はこくりと首を縦に振った。

「記録に残っている限りは……。徳川様の時代はうちは寺でもありましたから、過去帳も残っております」

「そうでしたか……。なのに、雨乞い神事を執り行われるのですか？　ここ三十年近く、一度もやっていなかったのでしょう？」

「わしも好きこのんでやるわけではありません。ですが、村の衆の……氏子の皆様の総意なのです。何より、村長の権堂《ごんどう》さんが、強く望んでおられますので、もう、わしの一存では翻せません……」

暗い顔の志神が肩を落とし、その言葉に義信は鏡太郎と顔を見合わせた。

志神も不安を抱いているというのは意外だったが、それよりも、神主でさえ神事を止めることはできないという事実が恐ろしかった。

真剣な面持ちの鏡太郎が志神に向き直る。

「しかし、白雪姫役を選ぶための託宣を行ったのは神主様なのですよね」

「はい。まさか、お瀧ちゃんが……村を出た方の娘さんが選ばれるとは」

「歴代の白雪姫たちはなぜ亡くなったのです？」

「……分かりません。ですが、誰言うともなく、竜神様のお招きだと伝わっております。最初の白雪姫様が誘うのだと言う者もおりますが……。いずれにせよ、もしも本当にお招きなのだとしたら、わしにはどうすることもできませんで……」

痛々しい表情のまま、志神は重たい溜息を吐いた。

その後、鏡太郎が雨乞い神事の手順を尋ねると、志神は詳細に説明してくれた。池の手前に祭壇を組み、社宝の瓶子にお神酒を入れて竜神に供え、祝詞を唱えた後にお神酒を皆で回し飲みした後に牛を屠るのだという。その段取りに怪しいところは特になかった。少なくとも義信にはそうとしか思えなかった。

「聞いていた通りですね……。参列する人は皆、同じものを飲み食いするわけですから、白雪姫だけに毒を盛ることはできない」

「皿や箸に細工をすれば可能でしょうが、ただ、白雪姫は毒殺されているのではなく、自殺しているわけですからね。毒でどうこうという話ではないのでは？」

「確かに泉先生の言う通り――ああ、すみません、神主様の前で不謹慎な話を」

「お気遣いなく。お気持ちはよく分かりますので」

義信が謝ると志神は苦笑し、ふいにあたりを見回した上で声をひそめた。

「……無論、雨が降ってほしい気持ちは、わしも同じです。しかし、仮に竜神様のお招きだとして、あたら若い命を奪うのが正しいこととはどうしても思えません。神主としてこんなことを言うのは良くないですが、お瀧ちゃんが白雪姫役を辞退してくだされば、とも思ってしまい……」

ひっそりと静かな境内に、志神の痛々しい声が響く。優しげな神主の沈痛な吐露に、義信と鏡太郎は言葉を返すことができなかった。

「……何だか、不思議な感覚です」

琴弾村からの帰り道、山道を下りながら、鏡太郎がふとつぶやいた。

「生贄伝説の残る山奥の池、竜神に招かれて自ら命を絶つ娘たち……。物語のようですが、これは現実なのですよね。まるで、物語の中の人になってしまったような心持ちです」

「物語の中の人ですか。さすが泉先生、上手いことを言われる」

隣を歩く義信が素直な感想を口にした。人力車を停めた茶屋はまだ先なので、しばらくはこうして歩かねばならない。表現を褒められた鏡太郎は面映ゆそうに肩をすくめ、義信を見上げて問いかけた。

「義さんのご感想は？」

「そうですね……。実を言いますと、俺は、神様仏様というのをあまり信じておりませんので、どうしても現実的に考えてしまうのです。ああ、信じている方を馬鹿にしているわけではありませんよ」

「分かっています。続けてください」

「ですから、竜神様がいるかどうかは存じませんが、気に掛かるのは、同じ神事に参加した人のうち、一人だけを自害させる方法がありえるのか、ということなんです。あったとしてもなぜ殺すのか、そこがさっぱり分からなくて……。泉先生こそ、どう思います？　このまま雨乞い神事を進めていいと思いますか？」

顔をしかめた義信が鏡太郎を見下ろして問い返す。

雨を求める気持ちは分かるが、人が――それもよく見知った少女が――死ぬことがほぼ確定しているのなら、そんな儀式は中止すべきだというのが義信の素直な実感だった。

鏡太郎も同じだろうと義信は思っていたのだが、小柄で博識で饒舌な少年は、同意も反論も口にせず、むっつりと黙り込んでしまった。


山を下って人力車に乗っても鏡太郎はまだ黙考を続け、やがて金沢の市街に入った頃、思い出したように口を開いた。

「すみません義さん。この先の浅野川沿いのどこか……そうですね、中の橋のあたりで降ろしてもらえますか」

「中の橋？　構いませんが、いつもみたいに塾まで送りますよ」

「大丈夫です。『花は人の目を誘い、水は人の心を引く』と言うでしょう。心を巡らせて思案する時は、川の近くがいいのです」

浅野川の穏やかな流れを見やりながら鏡太郎が言う。特に断る理由もないので、義信は言われた通りに中の橋の近くで車を停めた。

「一文橋」とも呼ばれる中の橋は、暗がり坂と呼ばれる坂のほど近くにある、杭の上へ板を渡しただけの簡素で細い橋である。橋の近くの石敷きの道は夜になると茶屋の客で賑わうが、逆に昼間はひと気が少ない。

静かな川岸で人力車を降りた鏡太郎は、義信に礼を言い、「女川」こと浅野川の川面に目をやった。

穏やかで透明度の高い浅野川の流れは、対岸にそびえる緑豊かな卯辰山の景色と相まって、春の陽気によく似合う。「僕は少し考え事をしていきます」と鏡太郎に告げられ、義信は立ち去ろうとしたが、ふと足を止めた。

「……まさかとは思いますが、身を投げたりしませんよね」

「なぜ僕が？　竜神に招かれるのは白雪姫ですよ。縁もゆかりもない僕が呼ばれる道理はありません。第一、この女川は身投げして死ねるような川じゃありませんし、ついでに言えば、人を引き込んで殺すような化け物がいるとも聞きません。せいぜい火の玉が飛ぶ程度です」

「そうなのですか」

「宝暦の初め頃、浅野川の番人だった武士が河太郎を――江戸風に言えば河童を捕らえて食べたという話はありますが、強いて言えばそれくらいです」

「河童を食べてしまったんですか？　あ、いや、それはどうでもいいんですが……」

昨日、犀川にいた泉先生は今にも身を投げそうな顔でしたよね……と言っていいのか義信が迷っていると、ふいに空がかき曇り、ぽつぽつと小雨が降り始めた。

春雨が石敷きの道を濡らし、静かな川面に幾つも波紋が広がるが、浅野川に向き合った鏡太郎は、雨を気にしていないのか、卯辰山を見たまま動く気配がない。

義信は少し考えた後、人力車に常備している洋傘を取り、鏡太郎の上に広げた。鏡太郎が驚いて義信を見上げる。

「義さん？」

「俺も少し考えを整理したいので。俺のことはただの雨よけと思ってください」

「ありがとうございます。ではお言葉に甘えます」

そっけなく言うと、鏡太郎は再び川と山に目を向けた。

雨音だけが響く時間が流れる中、義信の脳裏に琴弾村で聞いた話や見た光景が蘇ってくる。義信は怪異や神秘の実在を信じていないが、それでも、池の荘厳な雰囲気を思い返すと、竜神が本当にいるような気がしてくる。

「……まるで、竜神が棲んでいそうな池でしたね」

「同感です」

義信が漏らした言葉に鏡太郎が同意し、そして再び黙り込む。その横顔はどこか痛々しく見え、義信は思わず問いかけていた。

「泉先生、ずっと何を考えているんです？　やはり、同じ神事に参列した者の中で一人だけを自害させる方法があるのかどうか、ということですか？」

「ええ。最初はそうでした」

「『最初は』……？　どういう意味です？」

眉をひそめた義信が問い返すと、鏡太郎は沈んだ表情を浅野川に向けたまま、抑えた声を発した。

「確かに初めは、義さんの言った通りのことを考えていたんです。そんな方法があるのか、あったとしてなぜそんなことをするのか、と……。ですが、思いを巡らせているうちに、自分の中の自分が――怪異や神秘の実在を願う僕が――こう言い出したんです。夜叉ヶ池の竜神は実在し、本当に白雪姫役の娘を招いているのではないか、と。もしそうだったら、邪魔をするべきではないのでは――」

「何を言うんです!?」

義信はとっさに口を挟んでしまっていた。今のはさすがに聞き流せない。「お瀧ちゃんがどうなってもいいのですか？」と立て続けに問いかけると、鏡太郎はきっぱり首を横に振った。

「そんなはずはありません、瀧はうるさい娘ですが、親しい女性であることは確かですから、そんな相手に、自ら死を選ぶようなことにはなってほしくはない。ですが……僕の中の一部は、別のことを言っているのです」

「泉先生……」

「何て冷たい奴だ、人の心がないのかと思われましたよね。僕もです。そんなことを考える奴は、間違いなく人でなしです。でも、僕の中に、そう考えてしまう自分は、確かに存在してしまっているのです。そんな自分が情けなくて、嫌になってしまい……。『おばけずき』とか言われているくせに、本当に怪異や神秘が実在しているならどう向き合うべきか、僕は何も決めていなかった……」

川辺に立ち尽くし、川面に顔を向けたまま、鏡太郎が絞り出すような声で言う。

その両の拳が固く握りしめられて震えていることに義信は気付いたが、言葉を掛けることはできなかった。凡庸《ぼんよう》な自分が思いつくようなことは、この利発な少年は全て分かっていて、その上で悩んでいるのだと理解できてしまったからだ。

このあたりは元々昼間の人通りが少ない上に、雨が降っているので行き交う人はほとんどいない。雨音しか聞こえない時間が再び流れ、ややあって、軽やかな高下駄の足音が二人の耳に届いた。

浅野川の下流から川沿いの道を歩いてきたのは、傘持ちのお付きを従えた、長身の若い女性であった。

見たところの年齢は二十代半ば。水色の生地に鮮烈な炎の模様を染めた着物を纏い、淡雪のように白い薄物を羽織っている。銀の模様を散らした黒の帯に細い鉄杖を刀のように差し、黒髪は結い上げていてもなお太腿に届くほど長く、肌は白く、瞳は深い。

隣で和傘を掲げる生真面目そうなお付きの娘は、二十歳少し前ほどで、こちらは萌黄の紋付に袴姿で、帯に緋の乙女椿の花を挿している。

いいところの奥様かご令嬢のようだが、春雨の中を上品な足取りで近づいてくる姿はこの世のものとも思えないほどに艶やかかつ幽玄で、義信は思わず見とれていた。鏡太郎もまた目を奪われてしまったようで、息を呑んだ表情で女性をまっすぐ見つめている。

と、傘の下の女は、義信たちのすぐ近くで足を止め、鏡太郎を見下ろして笑った。

「やあ。いい雨だね」

気さくに微笑むその顔を見るなり、義信は「ああっ！」と声をあげていた。同時に鏡太郎が「あなたは――！」と叫ぶ。

「や――山姫様……！」

「しーっ」

頰を紅潮させる鏡太郎の前で、着物の女性――山姫が、口元に人差し指を立てる。

「あんまり大きな声で呼ばないでくれるかな？　人が来ちゃうよ。それに、山姫って名前はあくまで私の役職だからね」

「ということは、本当のお名前は別にある……？」

「そういうこと。でも山の民にとって名前は大事な秘密だから、そうそう教えられないんだよね。里ではそんなことはないんだろうけど。そう言えば、君の名前って？」

「鏡太郎。泉鏡太郎と申します」

「泉鏡太郎――。いい名前だね。美しい。口に出すだけで心が洗われるようだ」

「あ、ありがとうございます……。恐縮です。ですが、あなたの方が遥かに、何倍も、何万倍も美しい！」

　至近距離から山姫を見上げた鏡太郎が、興奮の面持ちで熱っぽく語る。山姫は「光栄だねえ」とにこにこと微笑んでいたが、義信が自分を睨んでいることに気付くと、綺麗に整えられた眉を寄せた。

「そちらのお兄さんは私が気に入らないのかな？」

「武良越義信です。気に入らないとまでは申しませんが、あの夜、あの山で、あなたの力を見た以上、気を許すこともできません」

「これはこれは。山を離れた山姫はただの姫。大した力なんてありゃしないって。だから、そんないかめしい顔で睨まないでよ。泣いちゃうよ？」

　ああ怖い、と言いたげに体を震わせる山姫である。わざとらしい言動に義信はいっそう怪しんだが、すっかり山姫に心酔している鏡太郎は「そうですよ、失礼です」と義信を睨み、再び山姫に向き直った。

「しかし山姫様、どうしてこんな町中に？」

「野暮用さ。山の民だからって、山に籠っていればいい時代でもないからね。で、歩いていたら覚えのある心の声が聞こえたものでね」

「心の声……？」

「うん。山の民にはね、不思議な力の持主がまれに生まれることがあるんだ。山で代々生きているとね、里の君たちとは違う感覚が育つんだろうね。人の思っていることが聞こえたり、これから起こることが見えてしまったり……。鏡太郎、君は覚《さとり》の怪って知ってるかい？」

「山中に現れる化け物ですね。人のようで人でなく、人の心を自在に読む」

「ご名答。あれは多分、私たちのご先祖かお仲間のことだと思うんだけど、それはともかく鏡太郎。君は今悩んでいるよね」

山姫がさらりと口にした言葉に、鏡太郎は言葉を失った。

「な、なぜそれを……！　まさか、本当に心を読んで――いや、待ってください。それくらいなら表情や態度から推測できなくもない」

「冷静だなあ。そういうところは可愛くないね。で、何に悩んでたんだい？」

山姫が気さくに問いかける。鏡太郎が琴弾村の雨乞い神事のことを説明し、さらに自分の悩みを素直に話すと、山姫はなぜか嬉しそうに微笑んだ。

「自分には人の心がないのか――ね。うん、いいね。そういう悩み、私は好きだよ。

確かに君は変わっているかもしれないけど、人の心がないなんてことはないし、君は人でなしでもない。自信を持っていいと思うよ」

温かみのある笑みを湛えながら山姫は語り、「差し出がましかったかな？」と自嘲気味に言い足した。山姫の反応が意外だったのだろう、鏡太郎の目が丸くなる。

「ど、どういたしまして……。でも、どうして僕を励ましてくれるんですか？」

「自分のことを褒めてくれた殿方が落ち込んでいたら気になるものだろ？　それにね、鏡太郎にはこんなところで腐られたら困るんだ。君には、私たちみたいな怪しい者たちのことを、しっかり語り継いでもらわないといけないないんだから」

「……何の話です？」

鏡太郎は困惑したが、山姫は「こっちの話」と受け流し、そこに、ずっと黙っていたお付きの娘が口を挟んだ。

「姫様。そろそろ」

「分かってる。ではね、鏡太郎」

「はい、ありがとうございまし――あ、いや、待ってください！　白雪明神の雨乞い神事の白雪姫役の娘は、なぜ必ず命を落とすのです？　偶然ですか？　それとも本当に竜神が招いているのですか？　もしも誰かが仕組んだことだとしたら、一体どんな方法で、何のために……？」

頭を下げようとした鏡太郎が、思い出したように問いかける。「それもご存じなのでは?」と尋ねられた山姫はお付きと顔を見合わせ、申し訳なさそうに苦笑した。

「さすがにそこまでは知らないし、知っていても言えないよ。山の民は里に介入しすぎちゃいけないんだ。時に、遊行の芸人や職人として里に下りることもあるけれど、越えてはいけない線はある。まして私は、規律を守らせる立場だからね」

「そうですか……」

「うん。ごめんね」

しょんぼりと肩を落とす鏡太郎を見下ろして山姫が苦笑する。山姫はそのまま立ち去ろうとしたが、思い出したように足を止め、「これは一般論だけど」と口を開いた。

「理由は何もないところにも生まれるんだよ。それと、人の心は案外もろい」

「え? それはどういう意味です?」

「人の心は簡単に揺らぐってことさ。嫌なことや嬉しいことだけじゃなく、それこそ、いろんな要因でね。たとえばお酒で気持ちが大きくなったり小さくなったりするのは、君だって知っているだろう?」

「知っていますが……それが何なんです?」

「人は弱いし、その心は危ういし、一度思い込んでしまうと抜け出せなくなるってこと。本来、人は心のままに生きるべきなんだろうけど、それがなかなか難しいんだよねえ……」

独り言ともつかない言葉を口にすると、山姫は会釈して背を向けた。

掲げられた傘の下、長い後ろ髪を揺らした艶やかな後ろ姿が、中の橋を渡っていく。

その背中を見送りながら、義信は顔を大きくしかめて首を捻った。

「……最後のは何です？　謎かけですか？」

「分かりませんが……おそらく、あの人なりの僕への助言なんだと思います」

そう答える鏡太郎の表情はいつも通り平静だったが、いつの間にか顔には血色が戻っており、光の宿った目はまっすぐ前を向いている。

とりあえず鏡太郎が前向きになってくれたことに義信は安堵したが、しかし、それも偶然山姫が通りかかってくれたおかげだ。

……結局、俺は何もできなかったな。

義信は自分自身に呆れ、山姫が去った後の橋を見続ける鏡太郎の後ろで、そっと小さく肩をすくめた。

＊＊＊

「掛巻《かけまく》も畏き……大神《おおみかみ》の御前《おんまえ》に白《もうさ》く……」

夜叉ヶ池のほとりに、おごそかな祝詞が朗々と響き渡る。

祝詞を唱えているのは、白の浄衣を着て冠を被った志神で、その正面に設けられた祭壇には、白雪明神の社宝である大ぶりの瓶子を中心に様々な供物が揃えられていた。

祭壇の脇にそびえる松に繫がれている黒い牡牛は、もうすぐ殺されるとも知らずに尻尾を揺らしている。志神の後方に並んだ椅子には、巫女装束と花嫁衣装を合わせたような白装束の瀧や、村長を始めとした村の重鎮たちが並んで座り、そんな光景を二百人余りの村人たちが神妙な顔で見守っている。

村人たちの中には、不安げな瀧の両親や、仕事を休んで様子を見にきた義信の姿もあったが、鏡太郎は見当たらなかった。

空は、雲一つない晴天であった。

四月に入るとさすがに山の上にも春が来るようで、夜叉ヶ池の周りは暖かかったが、麗らかな陽気とは裏腹に、一帯には寒々とした緊張感が満ちていた。

義信は、来る途中に見た村の田畑の土が固く乾いていたことを思い出した。先日義信たちがこの村を訪れた後にも雨はほとんど降っていないらしく、村人たちが雨を願う気持ちはいっそう募っているようだが、それを口に出す者は誰もいない。

雨乞いの成功を祈ることは即ち、白雪姫役の瀧の死を願うことに等しいと誰もが理解しているからだろう。

残酷な話だと義信は思い、瀧の心身を改めて案じた。

瀧は元々小柄な少女だが、大柄な権堂村長の隣に座らされているせいもあってか、その背中はいつも以上に小さく見える。

先日、山姫の助言を受けた鏡太郎は「謎は解けていませんが、当事者である瀧は全てを知っておくべきでしょう」と言い、瀧と両親に琴弾村で聞いた話を包み隠さず伝えた。

歴代の白雪姫は確かに全員自殺しているが、その死には怪しいところは見当たらず、儀式にも胡散臭いところはない。竜神が実在しないと考えるならば、白雪姫の自殺は偶然としか思えない……。

そう告げられた瀧は、当然ながらひどく困惑した。娘を案じた瀧の父親は権堂村長や神主の志神との談判を重ねたが、結局、雨乞い神事が中止されることはなかった。

——断る理由がないからなあ。確かに歴代の姫がみんな亡くなってるとは言え、聞けば聞くほど、偶然が重なっただけとしか思えないし、だったら白雪姫役の娘とその家族が気を付ければいいって話になっちまう。

——無理強いされたならこっちも意地になって断ったかもしれないけど、村の人たちは頭を下げてきてるわけだしねえ……。村長さんからも直々に手紙をもらってしまったし、神主さんに「怪しいと思ったら、神事の途中でも止めるなり抜けるなりして構わないから」とまで言われてしまうと、逆に断り切れなくてねえ……。ほら、これまでとか、これからの付き合いのこともあるし……。

瀧の父母が弱り切った顔で語っていたことを、義信はよく覚えている。

当事者である瀧はずっと怯えていたが、両親がそう言っている以上、娘が勝手に辞退することはできない。一般的に、子ども、特に娘の家庭内での立場は極めて弱く、親の決断に逆らうことは許されていないということは義信も知っている。

また、代々続いてきた縁やしがらみの重さを思うと、無下に断ることができないという両親の事情についても――あまり共感したくはないが――理解はできる。

法的に定められたわけでも、力ずくで強制されたわけでもないのに、逃れることができない。共同体や地縁というものの強さと怖さを、義信は改めて痛感していた。

無論、義信は危険を感じたらその場で止めるつもりで参列している。だが、今のところ儀式におかしなところは何もない。

（しかし、このまま神事が終わったら、これまでの白雪姫役のようにお瀧ちゃんは……。やはり今からでも中断させるべきなのか……？）

祝詞を聞きながら義信は自問したが答えは出ず、相談するにも鏡太郎は不在である。

鏡太郎はこの村に着くまでは一緒だったのだが、神事の始まる直前に「ちょっと用事を思い出しました。すぐ戻りますので、見やすい場所を取っておいてください」と言い残し、どこかへ行ってしまったのだ。

こんな大事な時に何の用事があるというのか。義信が歯痒く思っている間に祝詞は終わってしまい、神主の志神は朱塗りの盃を瀧や村長らに配った。さらに志神は、祭壇の大きな瓶子を手に取って、神酒をそれぞれの盃へと注ぎ、自分も盃を持った。

「では、御一同……」

志神が盃を飲み干すように促すと、村長らはそれにならったが、一人だけ動かない者がいた。

瀧である。

よほど怖いのだろう、白粉や頬紅でも隠せないほど青ざめた瀧は、うつむいたままガタガタと震えていたが、隣に座った村長に睨まれ、恐る恐る盃を持ち上げた。

(止めるのなら今だろうか？　いやしかし、神酒を飲んだ神主や村長に何も起きていないのに、止める理由があるのか……!?)

拳を握った義信が逡巡しながら見つめる先で、瀧が盃を口に近づける。そして、おずおずと唇に当てようとした、その時だった。

「待ったあっ！」

観衆一同の後方から、凛とした声が轟《とどろ》いた。

若々しくよく通る声にその場の全員が振り返り、思わず立ち上がった瀧の手から盃が落ちる。カラン、と音が響く中、瀧が声の主の名を呼んだ。

「鏡太郎さん……!?」

「泉先生?」

瀧に一瞬遅れて義信が驚く。二人が名を呼んだ通り、一同の後方、神社を囲む森の中から現れたのは、眼鏡を掛けた色白の少年——鏡太郎であった。

急いで走ってきたのだろう、薄い着物は汗で体に張り付いており、息も荒い。一同がぽかんと見守る中、小柄な乱入者はゼイゼイと呼吸を整えながら瀧へ近づき、地面に落ちた盃を見下ろして言った。

「飲まなくて正解だ、瀧。飲んでいたら、瀧はおそらく死んでいた」

「えっ……? で、でも、神主様たちもみんな同じものを飲んで——」

「そうだ! わしらも死ぬというのか?」

声を荒らげたのは村長の権堂だった。立派な髭を蓄えた大柄な村長は、威圧するかのように鏡太郎を睨んだが、鏡太郎は沈着な表情のまま首を横に振った。

「いいえ。死ぬのは白雪姫の瀧一人です。『殺される』と言ってもいい」

「何を言っとる? 大体お前、どこの坊主か知らんが、神聖な神事を邪魔するやつがあるか! 神事を進めたらこの娘が死ぬという証拠でもあるのか?」

「……お見せすることは、できかねます」

権堂に見据えられた鏡太郎が眉をひそめて視線を逸らす。その曖昧な回答に、村人たちとともに成り行きを見守っていた義信は困惑した。証拠があるとか、あるいはなくても不安だから止めるとかならまだしも、見せられないというのはどういうことだ。

権堂も同じ疑問を抱いたようだったが、鏡太郎は問い詰められるより先に言葉を重ねていた。

「ですが白雪姫は死ぬんです。絶対と言い切ることはできませんが、神事を続ければ十中八九、自ら命を絶つことになる。僕はそれを望みません。瀧を無駄に死なせたくはない」

「鏡太郎さん……」

「今、無駄と抜かしたか!?」

瀧が息を呑む音と、権堂が怒鳴る声とが祭壇前に同時に響いた。そうです、と鏡太郎が即答する。

「白雪姫役の娘の死は無駄でしかありません。いいえ、もし無駄ではなかったとしても、駄目なんです、こんな神事は。――瀧。お前は竜神に招かれたいか？　もうすぐ人生を終えたいと思うのか？」

「え？　そ、そんなことあるわけないでしょ……！　わたしは、これからも、もっと生きたい……！」

「そうだろう。ならば白雪姫役を降りるんだ」

そう言って一旦沈黙し、鏡太郎は、自分と瀧を取り巻く一同を見回した。権堂村長や神主の志神、そして義信や瀧の両親らをぐるりと眺めた鏡太郎は、再び瀧へと視線を戻し、どこか悲しそうに続けた。

「もしも、誰かが神事を止めてくれることを期待しているなら無駄だ。瀧が自分で抜けるしかない」

「わたしが……自分で……」

「そうだ。どうする。白雪姫を続けるか？」

「う、ううん……！　やめる……やめたい……！」

瀧の明瞭な拒絶の声が、池のほとりに確かに響いた。

「わたし――やめます……！」

響き渡る瀧の声。一同が静まりかえる中、鏡太郎は「それでいい」と言うようにうなずいて瀧の手をそっと取り、権堂や志神へと振り返った。

「お聞きの通り、瀧は辞退の意を示しました。なので連れて帰ります」

「お前……。本気か!?」

「本気ですとも。権堂村長、あなたも今の言葉を聞いたでしょう？　瀧は生きたいと言っている。そして置いてゆけば瀧は死ぬ。ならば、取るべき行動は一つしかない」

瀧の手を摑んだ鏡太郎が、権堂に向かって反論する。

その剣幕に驚いた義信は、着物の裾から覗く鏡太郎の足首が小刻みに震えていることに気が付いた。おそらく鏡太郎は今、必死に虚勢を張っているのだ。

少年に怒鳴りつけられた権堂は相当腹に据えかねたようで、ギリッと歯を嚙み締めると、ざわつく村人たちを見回した後、じろりと鏡太郎を睨みつけた。

「……坊主、そういう無分別はためにならんぞ？　ああ、歴代の白雪姫が命を落としたことはわしも知っておる。じゃが、それはお池の竜神様のお招きじゃろうが？　村のために命を捧げて雨が降る。皆のために命を捨てる。であれば素晴らしいことではないか」

「素晴らしいと申されましたか」

「ああ、そうじゃ！　いいか坊主、お前のその後ろの娘はな、ただの貸本屋の娘ではない。ありがたくも御託宣で選ばれた白雪姫じゃろうが。雨の代償であり、三百年続く琴弾村の二百余人の命の綱じゃ！　その娘を連れていくということは、三百年の歴史を、二百余人の命を奪い取っていくも同然と分かっておるのか？　娘を置いてゆかんことには、ここから一足も通さんと、そう思え！」

権堂が雷のような怒声を響かせる。その迫力で鏡太郎を押し黙らせると、権堂は傍らに立ち尽くす神主に横目を向け、お前も何か言え、と仕草で促した。

それを見ていた義信は、ほんの少しだけ安堵した。神主の志神は、白雪姫の命が奪われることを快く思っていない人物だ。であれば鏡太郎や瀧に賛同してくれるのでは……と、義信は期待したのだが、神主が発した言葉は予想外のものだった。

「……い、泉君。君、気の毒だけど、もう、村を立ち去ってくれませんか……？」

「神主様？」

「そう大きな声をあげるものではありません、泉君……。村長閣下の前ですぞ？　瀧さん、あなたもどうか、我慢して御奉公を……」

心の底から申し訳なさそうな顔をしながら、志神が瀧に手を伸ばす。怯えた瀧を庇いながら、鏡太郎は、信じられないと言いたげに大きく頭を振った。

「神主様……！　あなたは白雪姫が亡くなることを辛いと思っていたのでは？」

「……ええ。確かに辛いことです。惨《むご》い話だとも思います。しかし……しかしですよ、泉君？　白雪姫の娘が亡くなったならば、雨は必ず降るのです。だとしたら……それは、有益な死……必要な犠牲なのではないでしょうか？」

「神主様……！」

「よう言うた神主！　そういうことじゃ、坊主！　もし白雪姫が死ぬのだとしても、所詮は女郎《めろう》一人と二百余人、誰か鼎《かなえ》の軽重《けいちょう》を論ぜんや、じゃ！　わしには、いや、わしらにも意地がある！　わしらは雨乞いを断行するぞ！　囲め、皆の衆！」

興奮した村長が叫ぶと、黙って見守っていた村人たちがざざっと広がって輪を作り、祭壇や鏡太郎たちを取り囲んだ。義信や瀧の両親は割って入ろうとしたものの、村人たちに阻まれてしまう。焦った瀧はおろおろと周囲を見回した。

「そんな、ど、どうしよう……？　あの、鏡太郎さん、やっぱりわたし――」

「駄目だ、瀧！　竜神が何だ、二百人の命が何だ？　僕はお前が納得して白雪姫を受け入れると言っても止める！　無駄死になんか見たくない！」

瀧の声をきっぱりと遮る鏡太郎。鏡太郎が何かを確信していることは間違いないと義信は思ったが、それが何かは分からないままだ。血迷うな、と権堂が叫んだ。

「いい加減にしろ、甘ったれた洟《はな》垂れ小僧どもが！　いやしくも国のためには妻子を刺し殺して戦争に出る、いざとなったら腹を切るというが男児の本分！　我が国伝統の武士道精神というものじゃろうが！　わしなどは、ここにいる人民のためならば、いつでも命を捨てる覚悟ができておるぞ！」

「ならば死ねばいい」

「……何？」

「ならば死ねと申し上げたんです！　だったら、あなたが勝手に死ねばいい！」

震える足で踏ん張りながら、毅然と鏡太郎が切り返す。

泉鏡太郎という、お化けと本を愛し、落ち着いていて風変わりで博識なこの少年の怒声を、義信はこの時初めて聞いた。

凛とした怒声に権堂が気圧されて口をつぐむと、鏡太郎は再び周囲を見回し、語りかけるように言葉を重ねた。

「皆さんは、本当に瀧を犠牲にする気ですか？　それでもし雨が降ったとしても、その雨はきっと、竜神様の思し召しなんかではないでしょう。罪もない少女の犠牲を見るに忍びなく、天が泣き、月が陰るだけのこと……。それで皆さんは満足なのですか？」

諭すような問いかけが、黙り込んだ大人たちへと投げかけられる。

村人たちとともにその言葉に聞き入りながら、義信は改めて泉鏡太郎という人間に対して、深い敬意を抱いていた。

強い少年だ——と義信は思った。

大勢が参列するおごそかな儀式への乱入も、目上の権力者への真っ向からの反発も、大人の自分には到底できないことだ。

かつてはできたかもしれないけれど、今はできなくなってしまったことだ……。

自責の念を覚えながら立ち尽くす義信の視線の先で、鏡太郎が権堂や神主へと向き直る。強い意志を感じさせる双眸を向けられ、祭壇の前に立っていた神主の志神は痛ましげに口を開いた。

「か、神様を否定されるようなことを言うものではありませんよ、泉君……。君は先ほど、白雪姫は殺されるのだと宣《のたま》いましたが、何に殺されるのかは言わなかった。証拠を見せかねるとも言いましたよね？　それで信用してくれというのは、あまりに身勝手ではありませんか……？」

社宝である瓶子を守るように立ちながら志神が切々と訴え、「その通りだ！」と権堂が大きく首肯する。と、鏡太郎は、ほんの一、二秒だけ目を閉じ、腹を括った顔で言った。

「――分かりました」

そう言うなり鏡太郎はつかつかと志神に……いや、その後ろの祭壇へと歩み寄ったかと思うと、社宝である瓶子を無造作に持ち上げた。

「えっ？　泉君、何を――」

顔色を変えた志神が手を伸ばすが、その時にはもう、鏡太郎は瓶子を祭壇に叩きつけていた。

瓶子の注ぎ口のすぐ下の部分が祭壇にぶつかり、パリン、という乾いた音と、大勢がはっと息を呑む音とが重なって響く。

一同が唖然として黙り込む中、最初に口を開いたのは、村長の権堂だった。

「貴様……社宝に何ということを！　もはや一人の罪では済まんぞ！　一族郎党に」

「……これが証拠です」

「罪を償わせ……何？」

「ほら、ご覧ください。瓶子の内側に仕切りが設けられている」

　鏡太郎は上半分を失った瓶子の中を村長に見せつけ、さらに観衆にも見えるように掲げてみせた。

　鏡太郎の言うように、瓶子の内側には確かに仕切りがあり、二つの空間に分かれるようになっていた。それぞれの部屋に残った液体を示しながら鏡太郎が続ける。

「お分かりですか？　この仕切りがあれば、一つの容器を使いながら、別の飲み物を注ぐことができます。それぞれの部屋に別の液体を入れると、傾ける方向次第で別のものが出てくるわけです。どちらに何が入っているかを覚えておけば、毒でも何でも飲ませ放題。単純ですが効果的な仕掛けです。ご存じでしたか、村長閣下」

「し――知らんかった……。いやしかし、その瓶子は建立以来、三百年来の社宝じゃろうが！　三百年前にそんな仕掛けが」

「これと似た作りの容器が、奈良の都の跡から出土した話を読んだことがあります。千年前の平城京にあったのですから、三百年前にあってもおかしくありません」

「そうなのか……？　いや、待て！　毒殺ならばそれでも分かる。しかし、歴代の白雪姫は皆、自ら命を絶っておるんじゃぞ」

食い下がる権堂の顔は徐々に青ざめ始めており、さっきまでの気迫も薄れている。息を呑んだ一同が見守る中、鏡太郎はこくりとうなずいた。

「仰る通りです。実は先ほど、神社の薬草園や蔵を暴かせていただきました。神事が始まってしまえば、神社も村ももぬけの殻になりますからね。そこで、こんなものを見つけました」

そう言って鏡太郎が懐から取り出したのは、人差し指を一回り太くしたほどの小さな壺だった。それを見るなり、志神が、ああっ、と短い呻き声を発した。鏡太郎はさらに続ける。

「この薬入れは、薬の作り方や使い方を詳細に示した巻子とともに保管されていました。神主様はご存じですよね？」

「馬鹿な！　あれを素人が読めるはずが――」

目を見開いた志神が絶句する。見据えられた鏡太郎は軽く肩をすくめて応じた。

「確かに一見すると見慣れない文字で記されていましたけれど、いろは四十八文字を置き換えただけの単純な暗号でしたから、解読するのは容易でしたよ。その巻子には、瓶子の内側の仕切りのことも記載されていました。歴史のある社宝を砕くのは忍びなかったのですが、皆様が証拠を求めておられたので、仕方なく」

　鏡太郎が割れた瓶子を見やる。一同が静まりかえる中、権堂は大きく眉をひそめ、瓶子と鏡太郎を見比べた。

「だから瓶子を割ってみせたと……？　いや、そんなことよりも！　それは一体何の薬なんじゃ？」

「心を弱くする薬だそうです」

「心を……弱く？」

「そうです、村長様。自信を失わせるとか、不安にさせると言ってもいい。心など、おいそれと触れないものと思われるかもしれませんが、心身が不可分である以上、心も肉体と同様に、案外簡単に傷付き、形が変わってしまうもの……。お酒で気が大きくなるのと同じです。――ここからは推測ですが、おそらくこれを飲まされた娘は、心がぐらつきやすくなるのでしょう。元々、白雪姫役を課せられた時点で、既に緊張感と責任感は相当なはず。『雨が降らなかったら自分のせいじゃないか』『歴代の白雪姫は自ら命を絶ったのだから、自分もそうすべきではないか』……。そんな不安が薬で増強させられると、もう歯止めは利きません。結果――」

「自ら死を選ぶことになる……！　で、では泉先生、歴代の白雪姫を殺したのは」

　思わず義信は口を挟んでしまっていた。お分かりでしょう、と鏡太郎がうなずく。

「重圧ですよ」

「じゅ――重圧……！」

鏡太郎の言葉を繰り返したのは瀧だった。

実際に白雪姫の責務を課せられた瀧には、鏡太郎の説明は大いに納得できて、そして恐ろしいものだったようで、純白の装束を纏った体がぞっと震える。

「でも鏡太郎さん、だったらどうして、雨乞い神事の後に必ず雨が降ったんです？」

「神主様の話では、『必ず何日以内に雨が降る』といったような具体的な日数は出てこなかった。小雨でもいいなら、一月二月も待っていればいつか降るだろうさ」

瀧に尋ねられた鏡太郎が言い放つ。その言葉が決定打だったようで、村人たちは大きく息を呑み、あるいは呻いて膝を突いた。失望の空気が広がる中、瀧の父親が声を荒らげる。

「村長！　これはどういうことだ！　あんた知っとったのか？」

「し、知らん！　わしは何も知らん……！　おい志神！　黙っとらんで申し開きをせんか！　なぜこんなことをした？　どうしてこんなことを続けてきた……？」

狼狽しきった権堂が矢継ぎ早に質問を浴びせたが、志神はうつむいたまま何も言おうとしなかった。瀧や村長、それに一同の視線が、説明を求め、自然と鏡太郎へと向けられる。四方から見つめられた鏡太郎は、自分で割った瓶子を祭壇へそっと置き、夜叉ヶ池を見て口を開いた。

「……おそらく、最初の雨乞い神事の後に、白雪姫が偶然亡くなったのでしょう。そしてその後に雨が降った。それを見た白雪明神の神主は、『巫女が死なないと雨乞いは効果を発揮しない』と考えてしまったのではないでしょうか。今風の言い回しを使えば、成功経験への固執というやつです。幸いと言うか不幸にしてと言うべきか、人の心を弱らせる薬草が、この山には自生していたのでしょう。それを使って弱らせてみたところ、次の白雪姫は自死し、そしてまた雨が降った……。これが二、三回続けば、自殺させせないと成功しないという思い込みが完成するわけです」

「そんな……！　それじゃ、殺す意味なんて何もないじゃない……！」

「瀧の言う通りだ。でも、理由は何もないところにも生まれる。人は弱いし、その心は危ういし、一度思い込んでしまうと抜け出せなくなる……。そういうことなんだ、きっと」

鏡太郎が悲しげに山姫の言葉を引用する。あの言葉が真相に辿り着くきっかけだったのだということに義信はようやく気付いた。無言のままの神主に鏡太郎が向き直る。

「神主様は言っておられましたよね。若い人はどんどん町に出ていくし、古い形式の神社は肩身が狭くなる一方だ——と。三十年近く行われていなかった雨乞いを強行したのは、その危惧からではないですか？　求心力を示したかったのでありませんか？　あなたは、村長や村の人たちに請われて仕方なく雨乞い神事を行うのだと言っておられましたが、この薬を使えば、人の心の傾く先を操ることができたわけですから」

「な――」

鏡太郎の語った言葉に、権堂が大きく息を呑む。権堂や村人たちの、怯えるような、問い詰めるような視線が突き刺さる中、志神はようやく日に焼けた顔を上げ、人好きのする微笑を浮かべた。

「……この琴弾村は、白雪明神ありきの村でしょう。白雪姫が命を捧げれば、竜神様は雨を降らしてくださるんですよ。それで村は安泰です」

「志神！　お、お前――」

権堂の顔が真っ青になる。言葉を失う権堂に代わり、口を開いたのは鏡太郎だった。

「違います、神主様。白雪姫を死なせたところで関係ありません。天候は人の生き死になんか気にしませんよ。生贄を求め雨を司る竜神など、存在しないんです。それに、先日も申し上げましたよね？　夜叉ヶ池の竜神伝説は各地に伝わっていて、ここで語られる話も、その類型の一つに過ぎないんです」

怪異や不思議を愛しているのに自分の口でそれを否定しなければならないことが辛いのだろう、鏡太郎の声は痛々しい。真っ向から信仰を否定された志神は、「何という畏れ多いことを――」と食い下がったが、その言葉は続かなかった。

村長や村人、それに義信や瀧の一家の白い目に気付いた志神の顔から、穏やかな微笑が薄れて消え、両目が大きく見開かれる。

……もはや、自分を信じるものは誰もいない。

そのことを悟った志神は、弾かれたように手を伸ばし、割れた瓶子を持ち上げた。

「神主様！　何を——」

鏡太郎が制止するのと同時に、志神は瓶子の中に残っていた液体を——白雪姫役の娘に飲ませるために調合された神酒を——一気に口に含み、飲み干した。

あっ、と叫ぶ声が四方から響き、鏡太郎が顔を覆う。

「何てことを……。ただでさえ追い詰められていたところに、盃一杯分で充分効き目のある薬を飲み干すなんて……！　心が一体どうなるか——」

「お、おお……！　地震だ！　山鳴りだ……！」

志神の大声が、鏡太郎の言葉を遮った。

全く揺れていない地面の上で、志神はがくがくと体を揺らし、震える指を夜叉ヶ池の上空へと向けた。

「皆の衆！　夜叉ヶ池の上を見い！　夜叉ヶ池の上を見い……！　ほうら、真っ暗な雲が出た……！」

志神は両手を振り上げて歓喜したが、空は依然として晴天のままだ。

弱った心が幻覚を作り出したのだということを、その場の誰もが理解していた。

「救わせたまえ、助けたまえ……。おお、おお、ああ！　波だ――大波だ！　竜神様のお怒りだ！　ははははは、はははははははは……」

静まりかえった池のほとりに、振り切れたような乾いた笑い声が轟き渡る。

そのあまりの痛々しさに、義信は思わず目を伏せていた。瀧や権堂もまた志神から視線を逸らしていたが、そんな中、鏡太郎はただ一人、この事態を招いた自分の責任を噛み締めるかのように、哄笑する神主をじっと見つめ続けていた。

＊＊＊

雨乞い神事が中断された後、瀧の両親が「色々ありすぎて疲れた」「人力車を呼んで帰る」と言い出したため、鏡太郎たち三人は先に金沢に帰ることになった。

鏡太郎は、瀧を人力車に座らせ、自分は歩いた。

普段着に着替えた瀧が、義信の引く車の座席の上で不安げに問いかける。

「あのまま帰ってきて良かったの……？」

「部外者の僕たちにできることは何もないからな。あの薬は毒じゃないから、神主は数日で正気を取り戻すだろうけど……」

鏡太郎の言葉は途切れたが、何を言いかけたのかは瀧にも義信にも伝わっていた。

――幻を見続けている方が、彼にとっては幸せだったかもしれない。

鏡太郎はそう言おうとしたのだろう。

琴弾村はもう持つまいな、と義信は思った。白雪明神の信用は元に戻ることはないだろうし、狼狽するだけだった村長が村をまとめられるとも思えない。村の行く末を案じていると、瀧がはにかむような声を発した。

「あ、あの……鏡太郎さん、ありがとうございました……！　飛び込んできた時はびっくりしたけど、でも、嬉しかったです」

「泉先生、村長相手に全く引きませんでしたからね。見事なタンカでしたよ」

義信がそう言って褒めると、鏡太郎は眉を動かして頰を掻いた。

「お恥ずかしい。売り言葉に買い言葉で熱くなってしまいました。私塾の井波先生に言われたことも思い出してしまって……」

「私塾の先生に？」

「ええ。国に尽くす人材になりたいという気持ちが足りておらんという、あれです。八つ当たりのようなものですから、村長さんにはいい迷惑だったでしょうが……でも、おかげで、自分がどういう人間なのか確認できました」

「なるほど。何にせよ、今日の泉先生はご立派でしたよ」

「よしてください。立派というなら瀧でしょう」

「え？　わ、わたし？」

「それはそうだろう。白雪姫役を降りると決めたのは他でもない瀧なんだから。重圧の中で、あれを言えるのは大したものだ。正直、尊敬した。いずれ僕が物語を紡ぐことがあったら、登場人物の名前に使わせてほしいと思ったくらいだ」

鏡太郎は瀧を大仰に賞賛してみせたが、その横顔は依然として寂しげに見えた。思えば琴弾村を出た時から……いや、神事に割り込んできた時から、鏡太郎の表情はずっとどこか痛々しかった気がする。だが「村に悪いことをしたと思っているのですか？」と義信が尋ねると、鏡太郎は首をきっぱりと横に振った。

「自分の口で神秘を否定してしまったことが、僕には何より辛いのです。身勝手だとは分かっていますが、僕は竜神だけでなく、神々やお化けも実在していてほしいと思っていますから……。そして、できれば、生贄なんか求めないでいてほしい……」

そう言って鏡太郎は、琴弾村の方角を見上げ、詫びるように頭を下げた。

## 「夜叉ケ池」と水中の異界

「夜叉ケ池」は大正二年（一九一三年）に発表された戯曲。竜神伝説の伝わる池と、その村の近くにある山中の集落・琴弾谷を舞台にしている。竜神との約束のために一日三回の鐘を突く役目を受け継いだ青年・晃は、神官の娘である百合と結婚して幸せに暮らしており、一方、池の中に広がる妖怪たちの世界では、池の主である白雪姫が、遠方の恋人に会いに行きたい気持ちを抱えながら、人間との約束を守って池に棲まい続けていた。だが、村の議員たちが雨乞いの儀式に強引に百合を使おうとしたため晃と村民が対立してしまい、百合は騒動の中で自害する。議員らの横暴さに怒った晃が鐘を突くことを拒むと、約束が破られたことを知った白雪姫は池を溢れさせて飛び上がり、村は池に沈むのだった。

同名の実在の池や、千蛇ヶ池などに伝わる竜神伝説などを参考にした物語だが、身を捨てて共同体に尽くすことを強く否定するクライマックスからは、社会の圧力に逆らってでも個人の自由意思を尊重しようとする鏡花の姿勢が見て取れる。

鏡花作品における湖沼や大河、海など、大量の水で満たされた空間は山と並ぶ異界として扱われ、水界の怪異を扱った作品には「夜叉ケ池」の他、「貝の穴に河童の居る事」「海異記」「海神別荘」などがある。

# 第四話　「天守物語《てんしゅものがたり》」

百年以来、二重三重までは格別、当お天守五重までは、生《しょう》あるものの参った例《ためし》はありませぬ。今宵、大殿の仰せに依って、私《わたくし》、見届けに参りました。

（泉鏡花「天守物語」より）

「『城の幽霊』……?」

茶店の縁台に腰かけた鏡太郎は、たった今義信から告げられた言葉を繰り返し、怪訝そうに眉根を寄せた。

「『城に幽霊』ではなくて、ですか?」

「はい。『城の幽霊』だそうです。少なくとも俺が聞いた限りでは」

鏡太郎の隣に座った義信がこくりとうなずき、顔を上げる。

夜叉ヶ池の一件からしばらく経ち、金沢の町は本格的な春の陽気に包まれていた。のんびりと町を流していた義信が、出張講義を終えて帰る途中の鏡太郎と出くわしたのは、つい先ほどのことである。義信から「仕入れたばかりの怪しい噂がありまして」と聞いた鏡太郎は、早速詳しく教えてほしいとせがみ、二人は一休みがてら、ここ、浅野川の河原へやってきたのであった。

麗らかな日差しの照らす河原には花見客を当て込んだ見世物小屋《みせものごや》が建ち並び、それぞれの前で呼び込みたちが声をあげている。義信が小屋の一つに目を留めると、それに気付いた鏡太郎が問いかけた。

「覗きからくり、お好きなのですか？」

「昔は好きでしたね。江戸で暮らしていた頃、親に連れられて見に行ったことを思い出します。泉先生のお好みは？」

「そうですね……。水芸は何度見ても飽きませんし、人形芝居もいいですね。幻灯《げんとう》も好きだったのですが」

「だった、と言うと」

「お化けや昔話を扱ったものは好きなのですよ。ただ、最近の幻灯は、教育的な内容が多くてどうも」

　鏡太郎は顔をしかめ、「博学幻灯会」と看板を掲げた小屋に横目を向けた。

　ここで言う幻灯とは、種板と呼ばれるガラス板に描かれた絵を紙製のスクリーンに投影してそれを見せるという江戸以来の見世物のことである。種板を交換することで、絵を変化させたり場面を変えたりすることができる。かつては妖怪や英雄譚を題材にした演目が多かったが、明治時代になって新型幻灯機が渡来し、学校教育で活用されるようになった頃からは、一般的な見世物でも教育的な内容のものが増えてきていた。

「ああいうのはどうも、学校の講義を思い出してしまうのですよね。荒唐無稽《こうとうむけい》な昔ながらの話は時代遅れだそうですが、それのどこが悪いのかと……何です、その目は」

「失敬。まるで幕末からずっと生きておられるような言い方だなあと思いまして」

「そうであれば良かったんですけどね。できれば幕藩時代を体験してみたかった」

江戸文化を愛する少年は青空を見上げて嘆息し、それはそうと、と話を戻した。

「城の幽霊とはどういうことです？　お城に怪異はつきものですし、姫路城の天守閣の長壁《おさかべ》姫の話などは大好きですが、そういうものではないのですよね。幽霊は得てして亡くなった場所に出るものですけれど、となると、城の幽霊はやはり城跡に出るのでしょうか」

「はい。金沢城の跡地に陸軍の連隊が置かれているのはご存じですよね？　今、軍が古いお城を解体して倉庫やら宿舎やらを建てているわけですが、その現場に出るのだそうです。出るのは決まって、雨が降る陰気な夜。鎧兜を着けた武者や着物姿の姫君が雨の中を歩き回ったり、霧雨の中にぼうっと天守閣が浮かんだりするのを、見回りの兵隊が見たのだとか。目撃したのは一人ではなく、誰言うともなく、幕藩時代の怨念だ、城の幽霊だという噂が広まっているそうです。俺も又聞きですから詳しいことは分かりませんが……どう思われます、泉先生？」

「とりあえず気になるのは姫君ですね。年上ならいいのですが」

鏡太郎が即答する。でしょうねと義信が納得していると、気高い年上の女性をこよなく好む少年は、眉をひそめてさらに続けた。

「建物の幽霊というのも珍しいですが、天守の幽霊というのは輪をかけて謎ですね」

「と言うと？」

「天守というからには本丸の城郭が出るわけですよね。ですが金沢城の本丸は、百年余り前の宝暦の大火で焼失して以来、再建されていないんです。さらにその百年以上前の寛永の大火でも大きく損なわれている。なのにどうして今になって？　出るならもっと早く出るべきでしょう」

「俺に聞かれても困りますが……素人なりに考えるなら、やはり持ち主が変わってしまったからでは？　城主の一族が治めている分には不満はなかったけれど」

「新政府の軍に好き勝手される謂れはない、ということですか。まあ、筋は通っていますね。残っていた二の丸も、軍の不手際で七年前に焼失してしまったわけですし。そもそもあのお城は、古来、怪異のたまり場ですから、何が起きても不思議ではありません」

　そう言うと、鏡太郎は縁台に置いてあった湯飲みを取り、すっかり冷めた焙じ茶を飲んだ。空になった湯飲みを手にしていた義信が、「そうなのですか」と見下ろして問う。

「確か、金沢城の魔物は、前田家入城の際に黒壁山に追い払われたはずなのでは？」

「よく覚えておられますね義さん。ええ、確かにそう語られてはいます。ですが、徳川時代を通じて、金沢城で怪異が絶えたことはないんですよ。実にいい気味です」

そう語る鏡太郎の表情はいつものように平静だったが、声の調子は明らかに嬉しそうだった。どっちの味方なんだか、と義信は呆れた。

「お城の怪異というのは、たとえば……？」

「色々です。尾坂門の近くには、触れると風雨が起こる郭公石や、触ったものが病になる子規石がありますし、三の丸の某家の屋敷の彫刻の竜は夜中に動いたそうです。越中で行方不明になっていた娘が、なぜか二の丸御殿の衣装箪笥から飛び出したという話もありますし、本丸には長さ四丈（約一二メートル）の白い大蛇が現れ、いもり堀の神は巨大なイモリだとか。あと、城内の屋敷で白狐が死んでおり、その夜に数百の狐が現れて葬儀を営んだという話も僕は好きですね。それに――」

空になった湯飲みを両手で支えたまま、鏡太郎が金沢城の怪異を列挙していく。相変わらずの知識量に義信が圧倒されていると、鏡太郎は、このままだといつになっても終わらないと自覚したのか、金沢城の怪談の羅列を切り上げた。

「……とまあ、あの城には古来色々出ているわけですが、貴人や武人の幽霊はともかく、城の幽霊というのは初耳です。ぜひ見てみたい」

「見に行くつもりですか？　しかし泉先生、今までのように町中の屋敷や山ならともかく、今回は軍の施設ですよ。堂々と見物に行けるような場所では……」

驚いた義信が諫めるように語りかけると、鏡太郎は好奇心に溢れた面持ちで義信を見返した。

「では、堂々でなければいいんですよね」

＊＊＊

その数日後の夕暮れ時。小雨がぱらつく中、人力車を引いた義信は、笠を被った小柄な少年を連れて、金沢城跡の東にそびえる石川門を訪れた。

どうも、と義信が会釈をすると、黒い軍服に身を包んだ衛兵は、義信に付き添う書生風の少年に目をやった。

「車屋か。隣のそいつは？」

「通訳です。イギリス人の顧問様の送迎で呼ばれたんですが、何せ自分は英語が不慣れなもので」

「通訳？　この子どもがか？」

「はい」

髭面の兵士が疑わしげに見下ろした先で、笠の少年――鏡太郎がこくりとうなずく。

さらに鏡太郎が自分の名前や立場を流暢な英語で説明してみせると、兵士はきょとんと面食らい、門を通してくれた。義信と鏡太郎は頭を下げ、足早に門を抜けた。

石川門は純白の漆喰壁と黒の鉛瓦の色の対比も鮮やかな城門であり、その内側にある道は何度も折れ曲がっている。義信たちはしばし無言で進み、入り口から見えない位置に来てから、ぼそぼそと小声を交わした。

「……意外と簡単に入れましたね、泉先生。正直、拍子抜けしました」

「同感です。まだ工事中で人の出入りも多いので、それほど厳重でもないんでしょうね。適当な口実があれば通してもらえるというのは、こちらとしては助かりますが、駐屯地としてはどうなのか……。ともあれ、いい感じに雨も降っていますし、後は夜まで忍ぶだけですが、それも義さんの協力あってこそ。お申し出、ありがとうございます」

「いえいえ。泉先生の場合、放っておくと一人で忍び込んで捕まりかねませんから」

「人聞きの悪いことを」

「俺が手伝うと言わなければ一人でやる気だったでしょう？」

「ところで、この石川門を支える石垣にも化物が出たことがあるんですよ。寛永二年、長さ二丈（約六メートル）で青色で猫のような顔の大蛇が現れ、見た人は出世したそうです」

「話を逸らしましたね。と言うか、猫の顔なのに大蛇って、それは蛇なんですか」

「そう書いてありました」

　そんな会話を交わしつつ二人は門を抜け、かつての金沢城内へと足を踏み入れた。義信は将校やお偉方の送迎の仕事で何度か訪れたことがあったが、鏡太郎は中に入るのは初めてだ。堀に囲まれた城内のそこかしこで古い城塞や蔵が解体されており、空いた敷地に近代的な倉庫や兵舎が建設されている。江戸時代の終わりと近代の到来を見せつけるような光景を前に、鏡太郎の足が止まった。

「――何てことを」

「泉先生？」

　鏡太郎の吐き捨てるような一言に、義信が驚く。と、鏡太郎は、半壊状態の古い蔵を見つめたまま、痛々しげに頭を振った。

「江戸から来られた義さんには分かりにくいかもしれませんが、ここは、金沢の住民にとっての誇りだったお城なんです。もちろん僕は徳川の時代を知りませんけれど、祖父母や父の世代が、この城に愛着を持っていたことはよく知っている。それをこんなに……」

　鏡太郎は肩を落としたまま動こうとせず、義信は焦った。

　鏡太郎の心情は理解できるが、雨の中、車屋と通訳が通路脇で立ち尽くしている光景は明らかに怪しい。しかも道の向こうからは、将校らしき男が二人、傘を差して歩いてくる。ここで慌てて逃げるのもそれはそれで不自然なので、義信は道の端、鏡太郎の傍に寄り、笠で顔を隠して遣り過ごすことにした。

幸い、将校二人は、義信たちを気に留めることもなく、話しながら通り過ぎていく。

「しかし金沢のこの雨の多さはかなわんなあ。そう言えば、天木《あまぎ》顧問がそろそろ転属だとか。羨ましい話だよ」

「あの方はやり手だからなあ。欲しがる部署も多いだろうよ」

「確かに」

その、何も知らない者が聞いたら日常的な雑談としか思えないやりとりに、義信はびくんと反応していた。

はっ、と息を呑む音が雨の中に響く。

反射的に「今何と――」と問いかけそうになった口を慌てて閉じた義信が、去っていく二つの背中を無言で凝視していると、後ろから鏡太郎の訝る声が届いた。

「義さん？　どうかされましたか？」

「え？　あ、いや、何でも……。それより早く移動しましょう。明るいうちに、夜まで忍べる場所を探さないと」

振り返った義信が口早に言葉を重ねる。取り繕うような言い方に、鏡太郎はほんの一瞬だけ眉根を寄せたが、すぐにいつもの平静な表情に戻り、こくりとうなずいた。

その後、車を呼んだ客を探しているふりをしながら城域を探索した二人は、敷地の片隅、雑木に囲まれた一角に、崩れかけの小屋を見つけた。

城の解体が始まった頃に工員が詰めるために作られた臨時の小屋らしかったが、最近人が出入りした痕跡はなく、小さな窓も付いている。二人は見つからないように人力車を小屋の陰へ置き、自分たちは小屋の中へと身を隠した。

ほどなくして夜になり、義信は、人力車に積んであった提灯に灯を入れた。助かります、と鏡太郎が礼を言う。

「後は僕一人でも大丈夫なので、義さんは帰っていただいて構いませんよ」

「そうはいきませんよ。本物の怪異かどうかは俺にとっても大事なんです」

そんなことを言いながら二人は持参した弁当を食べた。

食事を済ませてしまうと、もうやることがない。薄暗い小屋の中で、鏡太郎は膝を抱えて座り、しばらく雨音に耳を傾けていたが、ふと思い出したように口を開いた。

「……義さんは、兵隊になったことはありますか」

「え?」

「義さんが二十歳になった頃にはもう、徴兵令は施行されていましたよね」

鏡太郎が抑えた声で問いかける。この少年にしては珍しい話題だな、と義信は思ったが、軍隊の駐屯地での話題としては自然なものだ。明治六年（一八七三年）から施行された徴兵令により、男子は二十歳で徴兵検査を受け、検査合格者の中の一部は三年間の兵役に就かなければならないことは義信も知っている。尋ねられた義信は「そうですね……」と答えを濁し、あぐらの姿勢のまま、決まり悪そうに苦笑した。

「堂々と言えた話ではないですが、兵役に就いたことは一度もありません」

「と言うと、何らかの方法で徴兵逃れを？」

「検査も受けていないんですよ。家族もおらず、一ところに落ち着くこともない生き方をしていると、逃げる方法はいくらでもありますから……。見損なわれましたか？」

「いえ。僕も、可能であればそうすると思います」

そう答えた鏡太郎の声はいつもより少し弱々しく、兵役に就きたくないのだろうな、と義信は理解した。鏡太郎の性格が兵隊向きではないことは、そう付き合いの長くない義信でもよく分かる。若者が一律に徴兵される世の中になってしまったことを義信は改めて実感し、頭を下げた。

「泉先生のような若い人にそう思わせてしまうのは、俺たち大人に責任があるんでしょうね……。俺は、世の中をどう変えたいという願望も理屈も持ち合わせていませんが、申し訳なく思います」

「え？　いえ、義さんに謝っていただくことではないですよ」

「まあ、俺で良ければ、徴兵逃れの手くらいは教えますよ。先生が二十歳になる頃まで付き合いがあればの話ですが……。と言うか、公立学校生は対象外では？」

「それは四高に受かっていればの話ですよね。一応、来年の受験に向けて勉強しているところではありますが、どうも最近、張り合いがないというか……」

「張り合い、ですか」

「ええ。私塾に通わせてもらっている身で贅沢な悩みだということは分かっています。でも僕は、これからどうしたいのか、何になりたいのか、よく分からないのです」

薄暗がりに染み込むように、切実な声がぼそぼそと響く。

問いかけとも独白とも付かない語り口に、義信は返す言葉が見つけられず、小屋の中が静まりかえった。

外ではまだ小雨が降っているようで、屋根からはパラパラと雨音が響いている。

二人はしばらく無言で雨の音に耳を傾けていたが、その時、小屋の外から大きな声が聞こえた。

「で――出たあああああっ……！」

それほど遠くない距離からの悲鳴に、鏡太郎と義信は弾かれたように立ち上がった。

笠を摑んだ鏡太郎がまず小屋から飛び出し、提灯を手にした義信が後を追う。

雨の中、声の方角へ向かって走ると、暗い城域の一角で、龕灯を手にして鳶合羽を羽織った若い兵士が二人、暗闇を見つめて立ち尽くしていた。

声の主はこの兵士のどちらかのようだが、どちらの顔も真っ青で、目は大きく見開かれている。その視線の先に目をやった鏡太郎と義信は、揃って大きく息を呑んだ。

「おお……！」

鏡太郎の口から感嘆の呻き声が漏れる。

一同が見つめた先、建設中の倉庫と倉庫の間の暗闇の中、霧のように細かい雨が降り続く中を、茫洋とした光に包まれた幾つかの人影が、ゆっくりと歩いていた。

先頭を行くのは、金色の竜と大きな鍬形を付けた兜を被った鎧武者である。

堂々と胸を張るその鎧武者に守られるかのように、振袖姿の姫君が続く。

長い黒髪を文金高島田に結い上げ、扇を持った姫はしゃなりしゃなりと無言で歩み、その後には、お付きらしき侍女や武者がぞろぞろと列を作っていた。

いずれも一言も発することはなく、右の倉庫の壁の手前からふっと出てきて、左の壁でふっと消えていく。

いくら目を凝らしても顔かたちははっきりと見て取れず、見えるのは陰影や輪郭だけで、その輪郭もふわふわと揺らぎ続けていた。実体がないのは明らかだ。

幽霊というのはこういうものか……と義信は思い、列の最後尾の幽霊が消えた時、ようやく声を発していた。

「今のが……幽霊……!?」

「そうなのでしょうね。僕も見るのは初めてですが——義さん、あれを！」

鏡太郎がふいに顔を上げ、斜め上を指差した。

それに釣られて視線を上げた義信は、えっ、と一声唸って固まった。

この時、鏡太郎たちの目に映っていたのは、間違いなく城であった。

白い壁と黒い鉛瓦で覆われた五重構造の立派な天守が、霧雨の中に浮かび上がっている。

今しがた見たばかりの幽霊たちと同じく、城の輪郭はぼんやりとした淡い光に包まれており、遠いのか近いのかよく分からなかったが、見上げた先に、天守の形をした幻影が浮かんでいることだけは確かだった。

闇夜に浮かぶ天守は他の場所からも見えているのだろう、ざわざわと騒ぐ声が兵舎の方から聞こえてくる。

そして、そのまま鏡太郎たちが啞然として凝視すること十秒弱。

城はふっと搔き消え、また暗闇が戻ってきた。

提灯や龕灯の光がお互いの顔を照らす中、真っ先に現実感を取り戻した鏡太郎が、啞然としていた兵士たちに話しかける。

「先ほど叫んだのはあなたたちですね？」

「は、はい！　歩哨中《ほしょうちゅう》にいきなり鎧武者が出てきたので驚いて――そうだな？」

「そうです！　これが噂の幽霊だ、やはり城がお怒りなんだと思い……ちょっと待て。誰だお前ら？　陸軍の者じゃねえな？」

　背筋を伸ばして質問に答えていた兵士がふいに目を細め、もう一人が小銃を構える。義信は焦ったが、鏡太郎は全く臆することなく、しれっと名乗った。

「車屋と付き添いの通訳です。茶屋での接待の後、外国人顧問の方を宿舎まで送って帰ろうとしたところ、叫び声が聞こえたもので。もちろん、この駐屯地への立ち入りの許可は得ております」

「ああ、なるほど。そいつは遅くまでご苦労さんだな」

　あっさり納得した兵士が小銃を下ろす。堂々とした嘘に義信が舌を巻いている間に、鏡太郎は兵士たちを連れて倉庫の軒下に移動し、興味深げに質問を重ねた。

「『やはり城がお怒りなんだと思った』と言われましたね。やはり、ということは、そういう話が既に広まっているのですか？」

「兵舎ではみんな言ってるよ。言い出したのは……確か、富平《とみへい》爺さんだったか？」

「すみません。その富平さんというのは軍の方ですか？」

「倉庫の解体現場で働いてる職人だよ」

「金沢城にえらく思い入れがあるみたいでな。お城を壊したら罰が当たるだのなんだの、始終ブツブツ言ってるんだよ。幽霊騒ぎはお城の祟りだ、粗末に扱われた城が怒っているんだって、兵隊をつかまえては小言を言うもんで、みんな知ってる」

「俺も何度も聞かされた。俺らに言われても知らねえってのにな」

兵士たちが顔を見合わせる。鏡太郎は「なるほど」と相槌を打ち、再度二人の兵士を見上げて尋ねた。

「その方にはどこで会えますか？」

「富平爺さんか？　解体現場のどこかにいるだろうよ。駐屯地の北の外れの古い祠に日参してるから、そこで待ってた方が早いかもしれねえが……しかし、車屋のお付きの通訳がなんでそんなことを気にするんだ」

「確かに。言われてみれば怪しいな」

兵士たちの目つきが再び険しくなる。このあたりが潮時だろうと判断した義信は、「すみません、こいつはお化けだの幽霊だのの噂が好きで」と謝りながら割り込み、仕草で鏡太郎を促した。鏡太郎は素直にうなずき、義信とともに立ち去ろうとしたが、ふと足を止めて兵士たちへと振り返った。

「――すみません、もう一ついいですか？　粗末に扱われた城が怒っているという話を聞いて、あなた方はどう思われましたか？　共感されましたか？」

「はあ？」

鏡太郎の問いかけに兵士たちが眉をひそめる。そんなことを聞かれるとは思っていなかったのか、二人の兵士は顔を見合わせた上で、首を傾げて口を開いた。

「い、いや……。俺は別に、この土地の出身じゃねえからな。城への思い入れもないから、そんなこと言われてもピンとこなかったが……お前はどうだ」

「一緒だよ。そもそも城が祟るとも思えねえし……」

なぜそんなことを聞くんだと言いたげに、若い兵士たちが顔をしかめる。それを聞いた鏡太郎は、平静な顔のまま「そうですか。ありがとうございました」と頭を下げ、二人に背を向けて歩き出した。

＊＊＊

兵士たちと別れた義信と鏡太郎は、隠れ家にしていた小屋に戻って朝まで休み、日が昇り、軍や工事現場の仕事が始まる時間になってから小屋を出た。

夜が明ける前に雨は止んだようで、濡れた建物が朝日を照り返して輝いている。

義信は「今しがた人を迎えに来たところです」という顔で人力車を引きながら、隣の鏡太郎に小声で尋ねた。

「泉先生、これからどうします？　俺としては早いところ帰りたいんですが……。仕事もあるし、腹も減ったし」

「僕もこんなところに長居するつもりはありませんよ。ただし、出るのは、富平という お爺さんに話を聞いてからです。確か、北の祠のところに来るという話でしたね」

まぶしい朝日を浴びながら、鏡太郎が意気揚々と北へ向かう。義信はやっぱりかと溜息を吐き、後に続いた。


件の祠は、城域の北端、雑木や雑草の茂みに囲まれた薄暗い一角に、忘れ去られたように佇んでいた。

祠は子どもが一人入れる程度の大きさで、色褪せた徳利が供えられている。碁盤の目のように細い柱が組まれた扉の内側には、獅子舞に使う獅子頭が納められていた。一抱えほどもある大きな獅子頭は海のような藍色で、金箔を塗られた両眼を見開き、白銀の牙を剝き出して歯を食い縛っている。

祠の中を覗いた義信は、巨大な獅子頭の迫力に目を見張った。

「これはまた、えらく大きい獅子ですね。青色というのも珍しい」

「加賀の獅子舞の獅子頭は全国的な標準に比べて大きいんですよ。色も様々で、そして獅子頭にまつわる伝説も色々あります。ここ金沢だと、瑞泉寺の雄雌一対の獅子頭のうち、雌の獅子頭が使ってもらえないことを悲しんで泣いたので、祭礼の際には使わなくても外に出すことになったという話が好きですね」

「ほう。詳しいな、若いの」

鏡太郎の流暢な解説に、しわがれた声が呼応した。

義信と鏡太郎が振り返ると、そこに立っていたのは六十歳ほどの老人だった。

背丈は義信と鏡太郎のちょうど中間くらいで、短い白髪の上に頭巾を被り、褪色した着物と裾を絞ったたっつけ袴姿で、帯に火打ち袋を下げている。腰か足が良くないのだろう、老人は足を引きずるような歩き方で祠に歩み寄り、手を合わせて黙礼した。

ややあって顔を上げた老人に鏡太郎が「富平さんですか」と尋ねると、老人は怪訝そうに太い眉を寄せた。

「そうだが……？」

最初こそ訝しんだ富平だったが、鏡太郎が、城の怒りの話を詳しく聞きたいのだと持ち掛けると、手近の岩に腰を下ろして煙管を取り出した。じっくり話すつもりのようだ。

「あの……お仕事はいいんですか？」

「どうせ、わしみたいな年寄りは現場では大して役に立ちゃしねえ。わしにできるのはせいぜい、壊れた道具の整備や修理くらいだからな」

義信の問いかけに自嘲を返した富平は、慣れた手つきで煙草に火を付け、祠の獅子頭へと目をやった。

「見事なもんだろう？　この獅子頭は、金沢城の最後のご城主様のご依頼で作られたものでな……わしも少しは手伝ったんだ」

「ということは富平さん、職人だったんですか」

「まあな。こいつの出来栄えには、お殿様もことのほか喜ばれたそうだが――結局、一度も使われないまま、徳川様の時代は終わっちまった。お殿様が城を出られる時、これはお城に残したいと仰ってくださったおかげで、こうして祀られることになったものの、こんな日の当たらないところに置きやがって……」

　そう言うと富平は忌々しそうに顔をしかめ、ぷはっと白い煙を吐いた。

「まったく新政府のお偉方も軍の連中も、敬意ってものをまるで持ち合わせていねえ。家康公を祀った東照宮様まで城の外に追い出されちまったことは、車屋、おめえも知ってるだろう？」

「え？　ええ、まあ……」

「尾崎神社ですよね。元は北の丸にあった金沢東照宮が、明治一一年（一八七八年）に今の場所に移されたという」

　答えに窮する義信を見て、鏡太郎がすかさず割って入る。それを聞いた富平は深くうなずき、伸びた雑木の向こうにそびえる兵舎や、建設中の倉庫へと目をやった。

「おまけにお城をこんな風にしちまって……。そりゃあ、お城も祟るはずだよ」

「それです。その話を詳しく聞きたいのです。夜半に行進する鎧武者や振袖の姫君、そして、闇の中に浮かび上がる幻の天守……！　僕たちも昨夜見ましたが、あれらが城の祟りだと言い出されたのは、富平さんだと聞きました。どうしてそう思われたのです？　そういう逸話や伝説を、どこかで読まれたのですか？　あるいは見聞きされたのですか？」

白い眉をひそめる富平に、鏡太郎が勢い込んで問いかける。その質問が意外だったのだろう、老職人は戸惑うように目を瞬き、ややあって、首をゆっくり左右に振った。

「そういうわけじゃねえ。わしは無学だからな、本なんか読んだことはねえし、そんな話を聞いたこともねえ。ただ、そう思っただけのことだ」

「思っただけ……？」

「そうだ。昔から、大事に扱わねえと道具でも祟ると言うだろう。茶碗や金槌や着物が化けて出るなら、何百年も建ってたお城が祟らねえはずがねえ。きっとお城は怒ってなさるんだ。古いものを大事にしろ、無粋な工事を止めろ――ってな」

建設中の倉庫を睨んだ富平がきっぱりと言い切る。力強いが無根拠な断言に、鏡太郎は「なるほど……」とどこか煮え切らない声を返し、傍らの義信と顔を見合わせた。

鏡太郎はもっと詳しい情報を求めているようだったが、「わしがそう思うからそうなのだ」と言われてしまうと、それ以上掘り下げようもない。二人は富平に礼を言い、金沢城跡の駐屯地を後にした。

＊＊＊

それから数日後のこと。金沢城跡の西側、尾山神社の前で、客を降ろした義信が石段に腰かけて一休みしていると、見覚えのある老人がひょこひょこと歩いてくるのが目に入った。富平である。

義信が立ち上がって声を掛け、先日はどうも、と会釈すると、富平は足を止めた。

「誰かと思やあ、この前のおかしな車屋じゃねえか。今日は、あのよく喋る坊ちゃんはいねえのか？」

「四六時中一緒ってわけではありませんので……。富平さんはどちらに？　あ、尾山神社へお参りですか？」

そう言って義信は石段の上へ目をやった。

金沢城の城主であった前田家を祀るこの尾山神社は、明治六年（一八七三年）に創建されたばかりの新しい神社であった。海外風の意匠を取り入れており、鮮やかなステンドグラスの嵌め込まれた門は、金沢の新しい名所にもなっている。

先日話した時の印象では、富平は前田家への思い入れが強いようだったので、この神社を信仰しているに違いない……と義信は思ったのだが、富平は不快そうに眉根を寄せた。

「冗談言っちゃいけねえ！　何だ、あのキラキラした飾りは？　あんな西洋かぶれのお宮があるかよ。そもそも、てめえで城から追い出しておいた前田のお殿様をだな、こんなところに祀って済まそうって根性からして気に食わねえ。『敬う』ってことを分かってねえんだ、新政府の連中は……」

腕を組んだ富平がぶつぶつと文句を重ねていく。義信は、藪蛇だったなと反省しながら長い文句を聞き流し気味に聞いていたが、ふいに富平は愚痴を中断し、思い出したように問いかけた。

「そう言えば、あの坊ちゃんは、まだお城の幽霊のことを調べてるのか？」

「色々調べ回ってるみたいですよ。俺は本物の幽霊だと思ったんですが、泉先生――あの子は、『まだそうとは断言できません。自然現象や錯覚、あるいは誰かが仕掛けたものだという可能性もありますから』と。賢いのに、そういうところは意固地なんですよ」

「……そうか」

義信が苦笑すると、富平はなぜか神妙な顔になり、ほんの少し黙り込んだ後、ふいにニイッと悪辣に笑った。

「しかし、いい気味だなあ。そうは思わねえか？」

「え？　いい気味だというのは――」

「軍の連中のことだよ。お城を大事にしねえからあんなものが出るんだ！　全く、願ったり叶ったりだ。前から、罰が当たってほしいとは思っちゃいたが、こんな年寄りの願いが叶うとはなあ……。神様だか幽霊様だか知らねえが、ちゃんと見ててくださるんだなあ。いや、実にいい気味だ！　ざまあみろってのは、こういう時に使うんだろうね。この分だと、次に雨の降る夜にも必ず出るぞ。なあ、そうは思わねえか、車屋？」

「富平さん……？」

いきなり軍や新政府をののしり始めた富平に、義信は戸惑った。富平が今の体制に不満を持っていることは知っているが、しかし急にどうしたんだ。義信は内心で疑問を覚えつつも、はあ、と曖昧な相槌を打った。

「……と、そういうことがありましてね」

その翌日、六枚町の私塾「井波塾」にて。

鏡太郎による定例の英語講義の後、義信は教室に残り、富平と出くわした時のことを話して聞かせていた。

「聞いている間は、長い愚痴だなとしか感じませんでしたが、後で思い出してみると奇妙で……。あの時の富平さんの口ぶりはまるで、自分が願ったからこそ幽霊騒ぎが起こったんだと言っているようでした。もしくは――」

「――自分がこの騒ぎを仕掛けたと、暗に言っているようだった」

義信の向かいに座った鏡太郎が口を挟む。先を読まれた義信は一瞬押し黙り、慌てて首を縦に振った。

「そ、そうなんです！　さすが泉先生、頭が切れる」

「褒められるようなことではありませんよ。人並みの洞察力がある人間なら、今の話を聞けばそう感じるのが自然です。それで、義さんはどう思われました？　やはり富平さんが犯人だと？」

「いや、それはないでしょう。もしそうだとしたら、軍や新政府への反感はむしろ隠すはずですし、第一、あの幽霊は、人の手で作り出せるようなものじゃありません」

霧雨の中、淡い光を帯びて浮かび上がる鎧武者や五重の天守が義信の脳裏に蘇る。義信は思わず体を震わせたが、それを聞いた鏡太郎は否定も肯定もしなかった。その反応は義信にとって意外だった。

「……まさか泉先生、あの幽霊は人為的なものだと思っているんですか？　お化けを信じていない俺が言うのもなんですが、あれはさすがに本物ですよ」

「その判断はもう少し待ってください。まだ少し、確かめたいことがあるんです」

眉をひそめる義信に、神妙な顔の鏡太郎が切り返す。「まだ少し」ということは、何か手掛かりを摑んだのだろうかと義信は思った。

「そもそも泉先生は、ここのところ、何を調べておられたんです？　さっき塾の方に聞いたところでは、あちこち出歩かれていたそうですが……」

「ええ。おかげでなかなか興味深いことが分かりました」

「と言うと一体」

「それを確かめるためにも」

義信の問いかけを遮るように鏡太郎が口を開く。つい押し黙った義信の前で、鏡太郎は金沢城跡の方角へ顔を向け、こう続けた。

「もう一度、金沢城跡へ行く必要があります。次に雨の降る夜に」

＊＊＊

その日は午後から雨であった。霧のような細かい雨がしとしとと降り続ける中、鏡太郎たちは、前回と同じ手口で駐屯地に入り込んだ。

日暮れ時の城域の外れ、青い獅子頭を祀った祠の近くの茂みに鏡太郎が身をひそめていると、後ろからガサガサと音が近づいた。

「……お待たせしました、泉先生」

抑えた声がぼそりと響く。人力車を隠しに行っていた義信が戻ってきたのだ。

隣に並んで屈んだ義信に、鏡太郎は雨避けの笠を持ち上げ、ぼそりと声を掛けた。

「遅かったので心配しました。何かあったのかと思いましたよ」

「いえ、泉先生が心配されるようなことは何も……。それより、首尾はどうですか？と言うか、そもそも一体全体、なぜこの祠に？」

笠を目深に被り直しながら義信が問い返す。

幽霊をもう一度見るのが目的なら、こんな城の外れに潜む必要はないはずだ。

だが鏡太郎は何も説明せず、丸眼鏡を祠へ向けて黙り込んでしまった。

そして、そのまましばらく時間が経ち、あたりが暗くなった頃、祠の前に、一つの人影が現れた。

蓑と笠を身に着けており、光が漏れないように覆いを付けた提灯を手にしている。

顔かたちこそ見えなかったが、その背格好や歩き方は確かに見覚えのあるもので、義信は小さく息を吞んだ。

やはり、と言いたげに鏡太郎がうなずく。

蓑を纏った人影は、鏡太郎たちに見られていることには気付いていないのだろう、あたりを見回し、祠の扉に手を掛けた。

ギイッ……と扉が軋む音が、雨音に交じって微かに響く。

祠の扉を開いた人影は、藍色の獅子頭の前歯へ手を伸ばし、大きな上顎を持ち上げた。と、獅子頭の内側から、一抱えほどの木箱が現れる。

一辺一尺半（約四五センチメートル）ほどの武骨な立方体を、黒い人影が大事そうに取り出すのを見て、義信は目を細めた。

「泉先生、あの箱は何です」

「分かりません。確かめるしかなさそうですね」

そう言うなり、鏡太郎は勢いよく茂みの中で立ち上がった。

雨を含んだ草木がざわりと揺れ、その音に、箱を持ち去ろうとしていた人影の動きが止まる。覆い付きの提灯がか細い光を投げかける中、鏡太郎は祠の前まで進み出ると、箱を小脇に抱えた人物を見上げて口を開いた。

「こんばんは。その箱の中身を見せていただけますか、富平さん？」

少年らしい、若々しくよく通る声が雨の中に響く。

名前を呼ばれた老職人は、一瞬大きく目を見開いたが、こうなることを覚悟していたのか、狼狽する素振りも見せず、静かにうなずいた。

「……いいだろう」

富平が「ひとまず雨を避けられる場所に行きたい」と言ったので、鏡太郎と義信は富平を連れ、先日朝まで過ごした小屋へと移動した。

放置された小屋の中で、義信は改めて、獅子頭の中に収められていた木箱を見た。

一見するとただの立方体だが、側面の一つに丸い穴が開いてレンズらしきガラス板が嵌め込まれており、別の側面には、ぐるぐると回せるような取っ手が付いている。

「見たことのない道具ですが……これは何です？」

「そう焦るんじゃねえ。見りゃあ分かる」

自慢げに言いながら、富平は箱の上蓋を引き開けた。

そう大きくない箱の内側には、小さなオイルランプや薄い紙を巻いたもの、大小の歯車に複数のガラス板などが複雑に組み合わされていた。何かのカラクリのようだが、機構だけを見せられても職人でもない義信にはさっぱりだ。

「見ても分からないんですが、泉先生にはお分かりですか？」

「一応、幻灯機の一種だということまでは見当は付いています。おそらくは――」

「馬鹿野郎。先に説明するやつがあるか。百聞は一見に如かずだ、黙って見てろ」

解説を始めようとした鏡太郎を黙らせ、富平は木箱の中身に手を伸ばした。

まず巻紙を伸ばして歯車に固定し、オイルランプに火を付ける。さらに取っ手を回すと、歯車がカタカタと回転し、側面のレンズから光が放たれ、小屋の壁を照らし出した。ぼんやりと淡い光の中に浮かび上がったのは、堂々たる巨大な建造物――五重の楼閣からなる天守であった。

「これは――！」

「やはり……！」

義信と鏡太郎が同時に目を見張る。

壁に投影された五重の天守は、先日霧雨の中に浮かび上がったそれと――城の幽霊と呼ばれた幻影と――全く同じものだった。

二人の反応に気を良くしたのか、富平が嬉しそうに微笑む。

「驚くのはまだ早いぞ。お前さん方、こっちも見ただろう？」

富平が巻紙を取り換えると、竜の兜を被った鎧武者や振り袖姿の姫君たちの姿が粗末な壁に投影された。さらに驚くべきことに、富平が箱の取っ手をクルクルと回すと、鎧武者や姫君はゆっくりと歩き出したのである。

「う、動いた……!?」

義信が目を見開き、息を呑む。

先日見たはずの光景にもかかわらず……いや、だからこそ義信はひどく驚嘆し、富平へと振り返った。

「これは一体どういう仕掛けです？　幻灯がまるで生きているように――」

「仕掛け自体は単純なものだと思います」

口を開いたのは鏡太郎だった。思わず義信が見下ろした先で、鏡太郎は木箱の中のオイルランプとレンズの間に伸びる薄紙を指差した。

「一般的な幻灯でも、種板を切り替えると投影される絵は瞬時に変わりますよね？理屈はそれと同じです。透明に近い薄さにまで梳いた紙に、少しずつ姿勢を変えた絵を何枚も何枚も描いて、それらを続けて投影しているんですよ。絵の枚数が多く、一枚ごとの差異が少ないため、連続して見せられると、まるで動いているように錯覚してしまうわけです。そうですね富平さん？」

「一目で仕掛けを見抜きやがったのか？　末恐ろしい小僧だな……。そうだよ、その通りだ。ついでに言うと、普通の幻灯は美濃紙の幕に映すんだが、こいつは霧や雨にも投影できる。今夜みたいな霧雨は正におあつらえ向きだ。遠いんだか近いんだか、距離感が分からなくなるし、輪郭が歪んで絵らしさが消えて」

「正しく本物の幽霊のように見えるわけですね……。素晴らしい！」

「人の台詞を取るんじゃねえやい」

感嘆する鏡太郎を富平がじろりと睨みつける。そのやりとりを聞きながら、義信は改めて壁に浮かんだ幻影と、それを投影している粗末な木箱とを見比べた。理屈や仕掛けは一応理解できたが、だとしても分からないことはまだまだある。

「こんな幻灯機は見たことがない……！　こんなものがなぜ獅子頭の中に収められていて、どうして富平さんはそのことを知っていたんですか？　あなたは何者なんです？」

「何者って、どこにでもいる、無学でおいぼれの職人だよ」

「それはさすがに謙遜が過ぎるかと」

肩をすくめた富平だったが、そこに鏡太郎が口を挟んだ。「何だと？」と富平が顔をしかめると、鏡太郎は壁の姫君から富平へと視線を向けて続けた。

「職人なのは確かでしょう。ですがあなたは、見世物小屋に幻灯機を提供していた優秀な細工師であり、そして、中村屋弁吉《なかむらやべんきち》一門に属する技術者でもあった。そうですね」

「あ……！」

眼鏡越しの視線を向けられた富平が絶句する。どうやら図星のようだが、義信には「中村屋弁吉」が分からない。

「すみません泉先生、その中村屋何とかというのは」

「またの名を大野弁吉。『加賀の平賀源内』と呼ばれた幕末のカラクリ職人です。九州や朝鮮半島、紀伊半島などを経て、天保二年（一八三一年）に金沢に移住され、十八年前に亡くなるまで、様々な機械の発明や改良に取り組まれた方です。天才的かつ多才な発明家で、本家とされるイギリスよりも早く湿板式写真を発明したとか、水上を走る人形や空飛ぶ鶴の模型を作ったとか」

「本当ですか……？　そんなの、まるで魔法じゃないですか」

「まあ、このあたりは逸話なのでどこまで信じていいか怪しいですが、多才な方だったのは確かなようです。そして、実に多くの弟子を育成された方でもありました。孫弟子まで含めるとその一門は六十人を超え、集《つど》った人たちの顔触れは、医者や写真家、天文学者から測量士まで幅広かったそうです。金沢藩お抱えの技術者たちとの交流も深かったとかで……」

　鏡太郎の流暢な解説が静かな小屋の中に響く。富平はしばし呆気に取られていたが、やがて鏡太郎が語りを止めると、しっかりと首肯した。

「……そうだ。確かにわしは弁吉先生の弟子で、幻灯機を手掛けていた……。しかし、よく調べたもんだな」

「偶然です。あなたが城の幽霊と言い出した理由を知りたくて、もしかしてあなたの生まれ育った場所やお住まいの土地にそういう話が伝わっていたのかと思ったのですよ。それで経歴を調べてみたら……というわけです」

「なるほどな」

「では、この幻灯機は富平さんが作ったものなんですか？　そして、雨の夜に幽霊を出していたのも富平さん……!?」

「そうだよ」

　義信の問いかけに富平が再びうなずく。

　義信と鏡太郎が見守る中で、年老いた職人は床に腰を下ろして煙管を取り出し、しみじみとした目線を幻灯機へと向けた。

「わしは幻灯が好きでなあ……。最初は覗きからくりを扱ってたんだが、幻灯を知ってから、すっかりこいつにいかれちまった。暗がりの中に浮かび上がるのがたまらなく綺麗だし、何より、大勢で見られるってのがいい！　弁吉先生のおかげで、お城の方々ともお近づきになれたんだが、ご城内のお偉方に幻灯がお好きな方がいらっしゃってな。ある時、天守を見たいと仰ったんだ」

「天守を……？」

「そうだ、車屋。ほれ、このお城にはずっと、本丸も天守もなかったろう？　今思うと、徳川様の時代がそろそろ終わるってのを予見されてたんだろうなあ……。最後に立派な天守を見たい、武士が武士らしかった時代を目に焼き付けておきたい、と仰せになったんだ。わしはもちろん引き受けたよ。何枚もの絵を投影できるよう、幻灯を改良していたところだったから、これを最初に披露するのはご城内と決めたんだ。いや、あの時は楽しかったね。新しい思い付きがどんどん浮かんでよ……」

懐かしそうに笑い、富平はあぐらをかいたまま煙を吐いた。じゃあ、と鏡太郎が身を乗り出す。

「絵が動く仕掛けもあなたが考えたのですね？」

「あたぼうよ。自分で言うのも何だが、いい仕掛けだろう？　去年、イギリスの何とかって写真家が、写真機を幾つも連ねて走る馬の写真を撮って、それを続けて映写したらまるで走ってるようだった、なんて記事を読んだが、どこの国にも同じようなことを考えるやつがいるもんだね」

「マイブリッジですね。連続写真の映写で動的錯覚を引き起こしたという。その記事は僕も私塾で読みましたが、しかし富平さんの方が早かったわけでしょう」

「だろうな。……だが、わしは結局、ご依頼を果たすことはできなかった。なぜか分かるか、坊主？」

「……大政奉還ですね」

「そうだ。思っていたより早く、あっさりと武士の時代は終わって、前田様以下、ご家中の皆様はお城を追い出されちまった。日本って国がどっちに転ぶか分かんねえ状況で、新しい趣向の幻灯でござい、なんて呑気なことを言ってられるわけもねえ。で、ようやく落ち着いた頃には、お城は新政府の軍隊のものになっちまってた……。わしは、何だか、寂しくなっちまってなあ……。改良を終えた幻灯機を、獅子頭に隠したんだ」

「なぜあの獅子頭に？」

「そりゃお前、お城に置いておきたかったからだよ。ちょうどいい大きさだったし、あの獅子頭を作ったのも弁吉先生一門の彫刻家だったからな。似た者同士だと思ったんだ」

そう言ってもう一度長い煙を吐き出し、老職人は若い二人に向き直った。

「もう全部分かったろう？　城の幽霊騒ぎの元凶は、このわしだ。新政府や軍の連中は、かつてのお城や、そこにお住まいだった方々への敬意をまるで持ち合わせていやがらねえ。どんどん壊されていくお城を見るのが忍びなくて……」

「武士の時代を思い出させ、先人への畏敬の念を持たせるために、雨の夜の度に幽霊を出していた。そう主張されるのですね」

「そういうことだ、坊主。――さあ、もう逃げも隠れもしねえ。どこへなりとも突き出しやがれ！」

あぐらをかいた富平が胸を張って言い放つ。

その悲壮な開き直りは義信の胸を強く打ったが、意外なことに、鏡太郎はゆっくりと首を左右に振った。

「そういうわけにはいきません。……なぜなら、あなたは嘘を吐いている」

「泉先生？」

「……嘘だと？　わしがか？」

「はい。仕掛けや動機は確かに富平さんの言う通りなのでしょう。ですが、犯人はあなたではありえない。この駐屯地は、夜間は一般人の立ち入りが制限されます。忍び込む手立てはなくもないですが、足の悪いあなたが、雨が降る度に忍んでこられたとは思えません。そもそもこの一件は、一人では実行不可能なんです。雨の中に幻灯を映したところで、誰かに気付かれなければ意味がない。幻灯機を操作する人と、それを見て騒ぐ人の、最低二人は必要です」

鏡太郎は冷静に解説し、「騒ぐ役は二人以上欲しいところですけどね」と補足した。

鏡太郎の言葉に義信は驚き、そして富平に視線を向け、さらに驚いた。

富平の顔は青ざめ、半開きの唇が震えている。

どうやら、またも鏡太郎の見立て通りだったようだ。義信はこの小柄な少年の洞察力に改めて唸り、そして同時に眉根を寄せた。

「しかし泉先生、だったら犯人は誰なんです？」

「名前までは存じませんが……まあ、直接聞いた方が早いでしょうね」

「直接？」

「はい。祠からずっと、僕らの後を付けてきていた人たちが、今も小屋の外から僕たちの様子を窺っているはずですので」

「え――！」

「なっ……！」

義信が漏らした声に重なって、慌てた声が小屋の外から確かに響いた。

驚嘆した義信がとっさに「誰だ！」と叫ぶと、短い沈黙の後、小屋の扉が開いた。

不安げな様子で小屋に入ってきたのは、三人の若い兵士だった。

見回り中だったのか、いずれも黒い軍服の上に軍用の鳶合羽を羽織り、小銃と龕灯を携えている。提灯や幻灯機の光の中に浮かび上がる兵士たちの顔立ちは、どこかで見覚えがあるもので、義信は首を傾げた。

「こいつら、どこかで見たような……？」

「お一人は初対面ですが、こちらのお二方とは義さんも面識があるはずですよ。先日、幽霊に出くわした方たちです」

「あっ！　あの夜の……！」

言われてみれば確かに、三人のうちの二人は、騒ぎを聞いて駆け付けた義信たちに城の祟りの話を語って聞かせた兵士だった。

兵士たちは、青ざめた顔をお互いに見合わせながら黙り込んでいたが、富平が「階級だの所属だのはどうでもいい。名前を教えてくれるか」と尋ねると、真ん中に立っていた一人がおずおずと口を開いた。

「姫河本之介《ひめかわほんのすけ》です……。こっちは小俵修平《おだわらしゅうへい》で、こいつは山住久理《やまずみくり》」

「そうか。わしは、丹波《たんば》富平だ。……まあ、知ってるか」

名乗りを受けた富平が自らも名乗って一礼する。どうやら親しい仲ではないようだが、義信には未だに事件の構造が見えてこない。

「ええと、どういうことです、泉先生？　この兵隊たちが幽霊を出して、自作自演で騒いでいた……？　でも幻灯機は富平さんが作って獅子頭に隠したんですよね？」

「でしょうね。これはあくまで推測ですが、こちらの姫河さんたちが、城域の見回り中に幻灯機を見つけたのがきっかけなんだと思います。これを使えば幽霊騒ぎが起こせると気付いた姫河さんたちは、おそらく共謀されたんです」

「共謀……？」

「はい。一人が機械を操作して幻を出し、残る二人が驚いてみせて、その噂を広めるわけです。上手いやり方ですよね。どんな事件でも、見たのが一人だけだと、得てしてその人自身に原因があるとされがちですが、複数の目撃者が存在していれば客観的な事実になってしまう。案の定、幽霊の噂は駐屯地に広がり、それを聞きつけた富平さんは、自分の幻灯機が使われていることに気付いたんです。顔も名前も知らない犯人に共感した富平さんは、『これは城の祟りだ』と吹聴して回り、同時に、密かに幻灯機の調整役を買って出た。雨の日の夕方、つまり犯人が幻灯機を使う前に、こっそり整備していたのでしょう。違いますか？」

鏡太郎は薄暗い小屋を見回して問いかけたが、富平も三人の兵士も反論するそぶりは見せなかった。沈黙を肯定として受け止めたのだろう、鏡太郎が再び口を開く。

「……そういうことです義さん。この人たちは、お互いに相手のことをよく知らないまま、共犯関係を結んでいたんですよ」

「そんなことが……！　あ、いや、待ってください泉先生。じゃあ富平さんは、どこの誰とも知らない奴の罪を被ろうとしていたってことですか？」

「悪いか。そこの坊主の言うように、誰がやっているかは知らなかったが、お城の祟りの話が広まるのは痛快じゃねえか。だったら手を貸してやろうと思ったんだ。この老いぼれにできるのは、幻灯機の調整と――後は、責任をひっかぶることくらいだからな」

「やはりそうでしたか。義さんに、まるで自分が幽霊を出しているようなことを語って聞かせたのも、僕たちに見つかったのも、あえてですね？　僕が事情を嗅ぎ回っていることを聞いたから……」

「当ったり前じゃねえか。そうでもなけりゃ、あんなあからさまにやるもんか」

腕を組んだ富平が開き直ってニカッと笑う。

義信は全く気付いていなかったが、どうやら鏡太郎と富平はお互い相手の思考の先を読んで動いており、鏡太郎がギリギリ先を行ったということらしい。義信が自分の察しの悪さを痛感していると、鏡太郎は、押し黙っている三人の兵士に向き直った。

「さて、まだ確認できていないのは、あなたがたの動機だけですが、どうしてこんなことを？　単なる暇つぶしというわけでもないでしょう」

「あ、当たり前だ！　なあ！」

「ああ！　俺たちは、軍のお偉方に、お城が怒っていると思わせたかったんだ！」

「そうだ！　お城は前田のお殿様のものなんだから、もっと大事にしないと祟りが起きると、そう思い知らせたくて――」

鏡太郎の挑発的な問いかけに三人の兵士たちは口々に反論し、幽霊騒ぎを仕掛けた理由を語った。

曰く、三人はそれぞれ別の城下町の出身だが、いずれも幼い頃から武士への憧憬を強く抱いていたのだという。

命を捨てても主君に尽くし、誇りにかけて城を守り抜く。それこそが男の生き様である。

親や祖父の語りから、あるいは講談から、あるいは通っていた道場の教えを通じてそう考えるようになり、武士に憧れた三人は、この金沢城跡の駐屯地で出会って意気投合し、そして同時に心を痛めた。

金沢城といえば、名将・前田利家ゆかりの名城だ。歴史も風格もある美しい城が無残に解体され、武骨な駐屯地に整備されていく光景に日々鬱憤を募らせていた三人は、偶然、城域の見回り中に富平の幻灯機を見つけたことで、幽霊騒ぎを思いついたのであった。

武士とその時代への憧れを強くにじませる告白に、富平は感極まった顔で涙ぐんだのに対し、鏡太郎はいつものように平静だった。

「家来はいつでも主のために命を差し出し、主人は全身全霊をもってそれに報いる。それこそが武士《もののふ》の生き様だろう。なのに今の軍はどうだ！　新政府はこの国古来の伝統を重んじるようなことを言ってはいるが、その実際は正反対で――」

普段我慢している反動なのだろう、三人の語りは延々と続くかに思えたが、そこに乾いた声が割り込んだ。

「……そうでしょうか」

義信が漏らした重たい声に、三人の兵士が面食らって口をつぐむ。

一同の視線が集まる中、義信は自分がつい口を開いてしまったことに驚き、その上でさらに言葉を重ねた。

何も言わないつもりだったが、これ以上は黙っていられそうになかったのだ。

「武士の生き方は、そんなに美しいものでしょうか。主と家来の関係とは、そんなに立派なものでしょうか……？　今伺った限りでは、上の仰せのままに命を差し出すのが臣たる道だとお思いのようですが」

「そ、そうだ！　それこそが武人たるものの――」

「その道は曲がっていましょう」

「……何？」

「間違ったいいつけに従うのは、主人に間違った道を踏ませること。軽々しく命を捨てさせる側も、考えることなく命を捨てる側も、どちらも等しく愚かでしょう。今がいい時代だとは言えませんが、かつての時代も、決して、そう褒められたものではなかった……。俺はそう思います」

義信はきっぱりと言い切り、顔をしかめ、あるいは目を見開いて凄む兵士たちに向かって、「出過ぎた物言いをしました」と頭を下げた。

人を食ったようなしれっとした謝罪に、兵士たちは「貴様！」と義信に食って掛かろうとしたが、そこに鏡太郎が割り込んだ。

「大声を立てるのは控えた方がよろしいかと。それに今は、義さんを叱るよりも、これからの身の振り方を考えるべきでは？」

「身の振り方だと？」

「そうです。言い方は悪いですが、これまであなた方が誰にも咎められなかったのは、軍の上層部が幽霊の噂を本気にしていなかったからに過ぎないと思います。僕のような物好きだけが気に掛けているうちはいいですが、あまり何度も繰り返されると、さすがに捜査が始まるでしょうし、仕掛けに気付く人も出てくるはず。いつまでも続けられるものではないと思いますよ」

鏡太郎の忠告に、兵士たちは誰からともなく不安な顔を見合わせ、答えを求めるように富平へと目を向けた。さらに鏡太郎と義信が見つめた先で、三人の支援者であった老職人は、ふうっ、と大きな溜息を落とし、床の上の幻灯機を見やった。

いつの間にかオイルランプの火は消えており、壁にはもう何も映っていない。

富平は、歯車や巻紙やレンズの詰まった箱に話しかけるように「……そうだな」とつぶやき、幻灯機をそっと撫でた。

「お前も、ここらが潮時だろうな」

小屋を出た富平は、迷いのない足取りで城域の端へと向かい、石垣の上から、幻灯機をお堀へと投げ入れた。

夜の闇の中に、ばしゃん、と小さな波音が響き、兵士たちの龕灯が照らした先で、幻灯機が深緑色の水の中へと沈んでいく。

小さな波紋だけが残る水面を見下ろしながら、義信は複雑な気持ちになっていた。大ごとにならないうちに証拠を始末するのも、どうせならお城にゆかりのある場所へ投じるのも理解はできる。できるのだが、自分は今、とんでもない損失を目の当たりにしたのではないかという思いがどうしても拭えない。

「俺は、幻灯のこともカラクリのこともよく分かりませんが……本当に、これで良かったんですか？　あの幻灯機は大発明だったのでは……？」

「あんまり持ち上げるんじゃねえ。所詮はわし程度が思いついて作れるような代物だ。どこぞの誰かがもう作ってるだろうよ」

「ですが、もし誰も思いついていなかったら……」

義信がしつこく食い下がると、富平は、「近いうちに、どこぞの誰かが思いついて世に出すだろうな」と笑ってみせた。一同が黙り込む中、けろりとした顔の富平が、暗い堀へと目をやって続ける。

「発明も歴史も、全部そんなもんなのさ。たまたま世に出て残ったものの積み重ねだ。表に出て残るものの裏には、世に出ないものや忘れられるもの、消えていくものがわんさかあるんだよ」

「ですが、覚えておくことはできますよね。書き記すことや、語り継ぐことも……」

富平の自嘲を受けたのは鏡太郎だった。

古い物語や伝説を好む少年らしい意見に、富平は、そうかもな、と苦笑して肩を揺らし、堀に向かって手を合わせた。

＊＊＊

ひとまずの一件落着後、義信は「仕事があるので」と断って、駐屯地内で鏡太郎と別れた。適当な口実さえあれば一人でも門を通れることは既に確認済みだ。義信は鏡太郎を見送った後、目立たないように停めておいた人力車のところに立ち寄った上で、目指す場所へ——城域内の隅に火《ひ》の見櫓《みやぐら》のようにそびえ立つ、建設中の見張り台へ——まっすぐ向かった。

急な階段を上り、立てかけられた板や材木の陰に身を隠していると、誰かが階段を上る音が響いてきた。

義信は身構えたが、床に開いた穴から顔を出したのは、ついさっき別れたばかりの、眼鏡を掛けた小柄な少年だった。見張り台の近くのガス灯の淡い光が照らす中、義信は思わず声をあげていた。

「泉先生!?　こんなところで何を」

「後を付けてきただけのことです。と言いますか、それはこちらの台詞です、義さん。こんなところで何を？」

階段を上り終えた鏡太郎が、義信に歩み寄って問いかける。

雑然としているとはいえ、見張り台の部屋の広さはせいぜい四畳半ほどなので、逃げ隠れできる余地はない。義信が無言で目を逸らすと、鏡太郎は「やはり答えていただけませんか」と聞こえよがしにつぶやき、眼鏡越しの視線を義信へと向けた。

「……では、質問を変えます。義さん、あなたは、江戸の町人の家の生まれで、自由民権運動に関わったことがきっかけで東京を出て金沢に来たと仰っていましたが、それは嘘ですよね？」

「え？」

「少なくとも、あなたは町人ではなく士族でしょう」

「どうして――あ！　さっき俺が武士の世を否定してみせたから……」

「もちろんそれもあります。あの話しぶりには実感が籠もっていましたからね。ですが、最初に怪しいと思ったのは、黒壁山でゴロツキたちと対峙した時です。あの時の構え方は実に堂に入っていました。いつだったか、荒事はからっきしと言っておられましたが、あなたには武道の心得があるはずなんです」

青ざめる義信を、眼鏡越しの大きな瞳がまっすぐ見据える。

これまでは鏡太郎のことを心強く思っていた義信は、自分が秘密を暴かれる側に回るとこの少年の目がどれほど怖く見えるのかということを、今、強く実感していた。

鏡太郎はさらに続ける。

「自由民権運動に関わっていたというのも怪しい。先日、小屋で一夜を明かした際、大人の責任の話をされましたが、実際に民権運動に携わっていた方なら、『世の中をどう変えたいという願望も理屈も持ち合わせていない』なんてことはないでしょう。……あなたは何者なんです、義さん？」

鏡太郎の問いかけが狭い部屋の中に響く。

義信は何も答えなかった――いや、答えられなかった。

だが、鏡太郎はその反応を予期していたのか、無言で肩をすくめ、再び口を開いた。

「なら、また質問を変えましょうか。どうしてここに来たのです？」

「それは――」

「今日の夕方、人力車を隠しに行った時、なかなか戻ってこなかったことと関係があるのですか？　……あるいは、天木顧問なる者に」

「どうしてその名前を――！」

「先日、この駐屯地に来た時、通りかかった方が口にしていましたので。あれを聞いた時、義さんはこれまで一度も見せたことのない凄まじい顔になりました。ご自分で気付いていませんでしたか?」

「お恥ずかしい……。隠していたつもりだったのですが」

義信の顔に苦笑いが浮かび、大きな嘆息が自然と漏れる。

義信は、泉鏡太郎という少年の観察力や洞察力に改めて感服し、「参りました」と頭を下げた。「いえいえ」と鏡太郎が礼を返す。

「それで、その天木なる人物が――」

続いて鏡太郎がそう問いかけようとした時、階下から小刻みな足音が響いた。誰かがここに上ってくるようだ。義信と鏡太郎は反射的に口をつぐんだが、二人が身を隠す暇もなく、手燭を携えた洋装の男性が単身で現れた。

年の頃は五十前後、でっぷりとした大柄な体軀に襟飾りの付いた鼠色の洋服を纏い、靴は大きく帽子は高く、顔は長く口は大きい。赤みを帯びた高い鼻は天狗を思わせたが、その先端は垂れ下がり、嘴《くちばし》のように上唇に被さっていた。

服装からすると軍関係の文官なのだろうが、義信と同じくらい大柄でしかも骨太な体格や、彫りが深くて厳めしい顔つきは、武将か、あるいは熟練の猟師のようだ――と、鏡太郎は思わずそんなことを考えた。

一方、洋装の男は、未完成で無人のはずの見張り台に民間人が二人もいたことに驚いたのだろう、小さな目を細めた。

「お前たち、何者だ？　ここで一体何を――」

「天木喜重郎《きじゅうろう》ッ――！」

唐突に吼えたのは義信だった。

獣のように絶叫した義信が、背中に仕込んでいた短い脇差《わきざし》を抜き払い、洋装の男に向かって切りかかる。鏡太郎は度肝を抜かれて静止し、天木と呼ばれた男もぎょっと驚いて立ちすくんだ。

だが、義信が振り抜いた脇差が天木に触れるかと思われた、その時。

義信の体がぴたりと止まった。

「な――」

義信は啞然として息を吞んだが、その五体は中空に縫い留められたように、あるいは蜘蛛の巣に搦め捕られた虫のように、震えるばかりで動かない。もがく義信を前にして、鏡太郎の脳裏に、黒壁山で見た光景が蘇った。

「これは、あの時と同じ……！　ということは、まさか――」

「そう。私だよ」

気さくな声が鏡太郎の後ろで響く。

ハッと振り返った鏡太郎、そして眼球だけを動かした義信が見つめた先、枠だけが取りつけられた窓の手前に立っていたのは、すらりとした痩身で髪の長い娘――山姫だった。

袖も丈も短い、くすんだ色の着物を身に着けた山姫は、驚嘆する二人を見比べ、申し訳なさそうに寂しく笑った。

「こんばんは、鏡太郎。それにお兄さんも。まさか、こんなところで会うとはね」

「山姫様……いつの間に、どうやってここへ？」

「まず気になるのがそこなのかい？　鏡太郎らしいね……。確かに、ここへの出入口はそこの階段しかないけれど、翼あるものは人間ほど不自由ではないのさ。千里、五百里、勝手なところへ飛べる」

「飛んできたと仰るのですか？　飛んで、その窓から入ってきた――と!?」

「そうさ。実は私は雲に乗ります、風に飛びます、虹の橋も渡ります」

驚き訝る鏡太郎を見下ろし、山姫がはぐらかすように微笑んでみせる。そこに、成り行きを見守っていた天木が口を挟んだ。

「助かったぞ、山姫。そいつらの始末は任せていいのだな」

「ああ。今宵の会合はまた日を改めてということで。追って連絡するよ」

「心得た」

山姫の言葉を受けた天木が身を翻し、急ぎ足で階下へ消える。

そして、その足音が聞こえなくなった頃、義信の五体が解放された。わっ、と声をあげた義信が脇差を落としてつんのめり、そこに鏡太郎が駆け寄る。

「大丈夫ですか、義さん?」

「え、ええ……。確かに、泉先生の言った通りでした」

「え?　何がです」

「動けなくする手ですよ。実際に食らって分かりました。目に見えないほど細い糸を体中に引っ掛けて、動けなくしているんです。そうだな、山姫!」

「正解。ちなみに糸の作り方はね」

「——そんなことは聞いていません」

ふいに鏡太郎が声をあげた。

膝を突いた義信に寄り添った鏡太郎は、窓際に佇む山姫を見上げ、自身の困惑を強調するように頭を振った。

「一体、何が起こっているのです、山姫様……?　あなたは今の天木という人物とどういう関係なのですか?　なぜ義さんを止めたんです?　そもそもあなたは、どうして今夜この場所に——」

「……君はもう、この件には首を突っ込まない方がいい」

山姫が放った一言が鏡太郎の問いかけを断ち切った。

突き放すような冷たい物言いに鏡太郎が押し黙ると、山姫は「気持ちは分かるよ」と言いたげにうなずき、軽く手を振ったかと思うと、ひらりと窓から飛び降りた。

「や、山姫様!?」

慌てた鏡太郎が窓に駆け寄る。

窓枠に手を掛けた鏡太郎は大きく身を乗り出し、義信もその隣から夜の城跡を見下ろした。だが、たった今虚空に身を投げ出したはずの山姫の姿は、どこにも見当たらなかった。

## 「天守物語」と軍都金沢

「天守物語」は大正六年（一九一七年）に発表された、姫路城の天守閣を舞台とした戯曲。城の天守閣は妖怪たちの領域となっており、不思議な獅子頭の霊力によって永遠に生きている富姫や、その眷属らが楽しく暮らしていた。富姫は、主君に命じられて天守閣を訪れた若き武者・姫川図書之助と恋に落ちるが、図書之助は、主君の理不尽な命令により命を落としてしまう。さらに武士たちが獅子頭を傷つけたため富姫は失明するが、かつて獅子頭を作った工人の老人が現れて獅子頭を修復したことで回復し、富姫と図書之助は結ばれる。

富姫のモデルは姫路城の天守閣に伝わる妖怪「長壁」で、この他にも多くの妖怪が登場する。また、武士の世界を舞台にしながらも武士道的な思想への反感が表出した作品でもある。

鏡花の故郷である金沢は、かつては城下町であったが、金沢城が陸軍第九師団の拠点とされたことをきっかけに「軍都」としての性格を強め、金沢城に隣接する兼六園は戦争の祝勝会や慰霊祭の会場として多用されるようになった。「凱旋祭」は、兼六園を思わせる公園で行われた戦勝祭を描いた鏡花の短編だが、祭の異様さを強調し、熱狂する民衆に共感できない遺族が踏みにじられる様を描いたこの作品からは、「天守物語」同様、勇ましさや武勇を尊重する価値観への忌避が感じ取れる。

# 第五話「化鳥《けちょう》」

一体助けてくれたのは誰ですッて、母様に問うた。私がものを聞いて、返事に躊躇をなすったのはこの時ばかりで、また、それは猪だとか、狼だとか、狐だとか、頬白だとか、山雀だとか、鮟鱇だとか、鯖だとか、蛆だとか、毛虫だとか、草だとか、竹だとか、松蕈だとか、湿地茸《しめじ》だとかおいいでなかったのもこの時ばかりで、そして顔の色をおかえなすったのもこの時ばかりで、それに小さな声でおっしゃったのもこの時ばかりだ。

そして母様はこうおいいであった。

(廉《れん》や、それはね、大きな五色《ごしき》の翼《はね》があって天上に遊んでいるうつくしい姉さんだよ。)

（泉鏡花「化鳥」より）

山姫が姿を消した後、二人はひとまず金沢城跡の駐屯地を抜け出した。

義信は、門を守る衛兵に「送迎の仕事で呼ばれたが、予定が変わって追い返された」と告げた他は、一言も口を聞かず、堀に架かった橋を越えたところで足を止め、思いつめた顔を鏡太郎へと向けた。

「泉先生。俺は、今日で井波塾を退塾いたします」

「退塾……？」

「はい。もはや、英語を学ぶ必要もなくなりましたので……。受講料はいずれまとめて払いに行きます。では」

「え。あの、義さん——」

「今日までお世話になりました。お元気で」

鏡太郎の問いかけを打ち消すように、義信がきっぱりと頭を下げる。

当惑する鏡太郎の前で、義信は無言でもう一度会釈した後、人力車を引いて暗がりの中へと去っていった。

そして、それきり、義信が井波塾に顔を出すことはなかった。

　義信と城門前で別れてから十日ほどが経ったある日、鏡太郎はふらりと香林坊の貸本屋を訪れた。店番をしていた瀧は、鏡太郎を見ると「いらっしゃいませ！」と明るい笑みを浮かべたが、その顔はすぐに曇ってしまった。

「きょ、鏡太郎さん、どうしたんです……？」

「どうしたんです、とは？」

「だって、顔色がすっごく悪いから……。何かあったんですか？　お腹壊したとか」

「……壊していないし、健康だ。これは返す」

　気まずげに目を逸らした鏡太郎が、借りていた本をどさどさと積み上げる。瀧は心配そうにそれを受け取り、貸出記録の帳面を開いた。

「そう言えば、鏡太郎さんのお友達の車屋さん——武良越さんでしたっけ」

「義さん？　友達でもないが、あの人がどうかしたのか」

「引っ越しちゃったりしたんですか？」

「何？　いや、最近会っていないから知らないけれど……どうしてだ？」

「ほら、車屋さんってそれぞれ縄張りがあるじゃないですか。この人は大体このあたりが担当、みたいな。あの車屋さん、以前はこの香林坊でよく見かけたんですけど、最近全然通らないんですよ」

「何だって……？」

店の奥の定位置、江戸時代の和綴じ本を集めた本棚に向かおうとしていた鏡太郎が立ち止まって振り返る。

瀧の言ったように、人力車引きには各々の縄張りがある。頼まれてどこかに出向くことはあっても、担当している地域に連日顔を出さないということはまずありえない。義信は先日の一件以来、私塾に来なくなっただけではなく、車夫の仕事も控えているらしい。そのことに気付いた鏡太郎は、そうか、と一言つぶやいて立ちすくんだ。

本棚の前で黙り込んでしまった鏡太郎に、瀧が近づいて問いかける。

「車屋さんのこと、心配なんですか？」

「え？　いや、そんなことはないけれど……。確かに義さんはよく怪しい噂を教えてくれるので重宝していたけれど、それだけだ」

「嘘ばっかり。鏡太郎さん、知り合いのことをすっごく心配しちゃう人じゃないですか。わたしが生贄にされそうになった時も、儀式に飛び込んできてくれたくせに」

「あ、あれは、ただ竜神伝説の真相に関心があっただけだ……！　別に、瀧を案じたわけじゃないし……」

顔を赤くした鏡太郎が食い下がると、瀧はこれ見よがしに大きく眉をひそめ、「本当に？」と顔を近づけた。

「本当にそうですか？　わたしの目を見て言えますか？」

「い、言える」

「亡くなったお母様に誓えます？」

「なっ——そこで母を出すのは卑怯だろう……！　ま、まあ……全く案じていなかったと言えば、嘘になるけれど……」

「ほらー、やっぱり。で、車屋さんのことも心配なんでしょ？　別に隠すことじゃないですよ、そんなの」

「そ、そうか……？　そうなのか……？」

色白の頬を薄赤く染めたまま、鏡太郎が怪訝な顔で問い返す。

どうやら鏡太郎は、知人を心配していると認めるのが恥ずかしいようだ。知識も洞察力も大人顔負けのくせに、こういうところは子どもっぽいんだから、と瀧は呆れた。

「……まあ、そういうところがいいんだけど」

「何か言ったか」

「こっちの話です。ともかく、顔色悪くするほど心配なら、様子を見に行けばいいじゃないですか」

「えっ？　しかし……いいのか？」

「別にいいでしょ。むしろ、どうして駄目だと思うんです」

「だって、それは差し出がましいんじゃないか……？　僕と義さんは友人でも家族でもない、あくまで私塾の講師と生徒だ。第一、僕は彼の家を知らないし……」

「車屋さん、私塾の生徒だったんですよね。申し込んだ時に、名前と住所くらいは私塾に提出してるんじゃないですか」

「あ！　確かに――！」

元々大きな鏡太郎の目がいっそう大きく見開かれる。わなわな震え始める鏡太郎を前に、瀧はひどく呆れた。

「もしかして、わたしに言われるまで気付かなかったんですか？」

「ああ――いや、おそらく僕は、無意識のうちに、会いに行けない理由を探していたんだろう。義さんは僕の知らない何かを抱えていて、それを誰にも言わずに隠している……。だったら首を突っ込むべきではないと、僕はそう思っていたけれど――そうだな。瀧の言う通りだ。難しいことを考えるよりも、心配なら様子を見に行けばいいんだ……。ありがとう、瀧！」

瀧に向き直った鏡太郎が勢いよく頭を下げる。瀧は照れながら「どういたしまして」と返そうとしたが、「ど」と口にしたあたりで、鏡太郎は既に貸本屋を飛び出していた。

「えっ？　鏡太郎さん……？」

取り残された瀧はあっけにとられて立ち尽くした。あの本の虫が何も借りずに帰ったのは、瀧の知る限り初めてだ。

結局、あの車屋に何があって、なぜ鏡太郎が元気になったのか、瀧にはさっぱり分からなかった。だが、鏡太郎から面と向かってお礼を言われたのも初めてだったので、

「まあいいか」と思い、少し笑った。

＊＊＊

金沢の中心部の市街地から浅野川を渡って少し歩いた先に、安い長屋や木賃宿が集まった、「場末」と俗称される一画がある。

日雇い人足や全国を渡り歩く職人、三味線弾きに飴売り、猿回しに附木《つけぎ》売りに歌うたいといった多彩な顔ぶれが住んでいる他、札付きのお尋ね者、前科持ちの世捨て人なども出入りしているため、この一帯に住民以外が立ち入ることはほとんどなかった。

その晴れた日の午後、鏡太郎が訪れたのは、そんな場末にある長屋の一つだった。

「お頼み申します」

入り組んだ細い路地の奥、表札も掛かっていない部屋に向かって、鏡太郎が大きな声で呼びかける。

そうして待つこと数秒間。歪んだ戸板がギシギシと音を立てて開き、薄暗がりの中からぬっと顔を出したのは、二十代後半の背の高い男だった。背丈は六尺ほど、顔は浅黒く、五体は引き締まっている。義信である。

人力車を引いている時と同じく半纏に股引姿の義信は、玄関先に立つ鏡太郎を見下ろし、ひどく訝しんだ。

「泉先生……？　どうしてここへ……？」

「井波塾への入塾手続きの際に書かれた住所を参照したまでです」

「なるほど……。あ、いや、そういうことではなくてですね……もしかして、私塾の井波先生からの言伝でも？　受講料の催促ですか？」

「いえ、僕が来ようと思って来ただけです。いけませんか」

「いけなくはないですが……」

無精髭を手で隠しながら義信が戸惑う。

義信の覚えている限り、これまで鏡太郎の方から訪ねてきたことはなかったし、怪異と関係のない用事で自主的に出向いてきたというのも予想外だ。

敷居の内側に立ったまま「俺に何の用です？」と義信が尋ねると、鏡太郎はなぜか気恥ずかしそうに視線を泳がせ、抑えた声をぼそりと漏らした。

「……ただ、心配して様子を見に来ただけですが」

「し、心配⁉　泉先生が？　俺を……？」

「人を何だと思っているんですか。まあ、瀧に言われたからではあるんですが……僕だって、誰かを案じる気持ちは一応持ち合わせています」

「失礼しました。……いやしかし、お気遣いは無用です」

　頭を掻いた後、義信は姿勢を正して言い切った。

　鏡太郎の気遣いをありがたく感じてしまったのも確かだが、だからこそ、この少年を巻き込むわけにはいかない。

　そう心の中で自分に言い聞かせ、義信は突き放すように言葉を重ねた。

「先日もお伝えしました通り、俺は私塾を辞めます。もはや泉先生と俺とは赤の他人ですから、一切のお気遣いは――」

「……でも、まだ先生と呼んでくださるんですよね」

「え？」

「一度先生と呼ばれたからには、出来の悪い教え子の人生にも責任を負う。それが先生、それが師というもの――だそうです。井波先生の受け売りですが」

「泉先生……」

「……聞いた話では、ここしばらく車屋の仕事も控えておられるようですね。僕は不出来で未熟な先生ですから、力になれるとは言いません。ですが――せめて、事情だけでも聞かせていただけませんか？」

そう言って口をつぐみ、鏡太郎は義信を見上げた。

丸眼鏡越しの真摯な視線に胸を突かれたような気がして、義信が思わず押し黙る。

そうして黙り込むこと約十秒、義信はやれやれと頭を振っていた。

「……参りました。泉先生のことですし、どうせ、帰ってくださいと言っても帰りませんよね。とりあえず、どうぞ」

「あ――ありがとうございます……！」

安堵した鏡太郎の顔が薄赤く上気する。大人びて見える鏡太郎だが、こういうところの分かりやすさは年相応だ。義信は微笑し、半開きだった戸板を引き開けた。

「狭いところですが、お入りください」

「お邪魔いたします。……おお、本当に狭い」

敷居の内側に足を踏み入れた鏡太郎が正直な感想を口にした。

義信の暮らす部屋は、竈《かまど》のある土間の奥に板敷が一間だけという、質素で狭小なものだった。床に敷かれた莚《むしろ》の上には、畳まれた布団、柳行李《やなぎごうり》に膳箱に火鉢に行灯《あんどん》に文机、紐で束ねられた書きつけの束や黒鞘の脇差などが雑然と置かれており、文机の上には位牌と線香立てが並んでいた。道具類を見回した鏡太郎が、下駄を脱ぎつつ問いかける。

「いずれも年季が入っていますね」

「暗がり坂の近くに古道具屋がありまして、そこで揃えたんですよ。安い割にものが良いので重宝しています」

「なるほど。今更ですが、その服装、今日はお仕事ではないのですか？」

「着たきり雀というやつです。この服の他には、寝間着と綿入れくらいしか持っていませんので……。座布団も何もないので、そのあたりに適当にお座りください。今、お茶を入れますので」

「お気遣いなく」

会釈して腰を下ろした鏡太郎は、黒い脇差に目を留めた。

先日、金沢城跡の駐屯地の見張り台で義信が抜いたものである。長さは二尺（約六〇センチメートル）に満たず、鍔はなく、鞘には長い紐が付けられている。着物の内側に隠せるように細工された脇差を見ながら、鏡太郎が口を開く。

「ここを探す途中、近所の方に伺いました。毎朝、近くの空き地で鍛錬しておられるそうですね。なかなかの気迫だとか」

「時間潰しの手なぐさみですよ。それで、何をお聞きになりたいので……？」

火鉢で湯を沸かしつつ義信がぼそりと尋ねる。鏡太郎は正座の姿勢で義信に向き直り、「この前と同じです」と告げた。

「あの天木という男と義さんはどういう関係があり、義さんはなぜ彼を狙ったのか。義さんはどうして英語を学んでおり、なぜ急に辞めたのか。義さんは士族ではないのか。――武良越義信という人物は、結局のところ、何者なのか……」

「――なるほど。しかし、俺の方には話す道理がありませんよ」

鏡太郎に向き合おうとしないまま、義信がぶっきらぼうに応じる。

意地の悪い物言いをしてしまっていることは義信も自覚していたが、ずっと隠してきたことを話せと言われればこうもなるだろう、とも思った。

ここで素直に明かせるようなら、最初からこんな生き方は選んでいないのだ。

義信は無言で茶の準備を進めたが、ややあって、小さな鉄瓶がしゅんしゅんと湯気を噴き始めた頃、ふと鏡太郎が口を開いた。

「……以前、僕は、なぜ怪異に会いたいのか、という話をしましたよね」

「急に何の話です？　確かに聞きましたが……それが何か？」

「あの時僕は、お化けを研究したいわけではなく、退治したいわけでもなく、ただ見たいのだと言いました。あれは決して嘘ではありませんが――でも、それだけではないのです」

そう言った後、鏡太郎は少しだけ沈黙し、再び口を開いた。

「僕が母を亡くしていることはご存じですね」

「ええ。確か、十の時に……」

「はい。僕の記憶にある母は、とても綺麗な人でした。少し痩せていて、気高く、美しく、頼もしく、温かく、優しい人でした。そして、幼かった僕に、幾つもの不思議な話を聞かせてくれた人でした。天狗や狐の昔話、絵巻物の中の姫君や妖術使い、山男や山女、幽霊や生まれ変わり……。僕は、そんな話を母から聞いて育ったんです。だから――」

「だから……?」

　気付けば義信は鏡太郎に向き直っていた。問い返された鏡太郎がこくりとうなずく。

「僕の中に、ただ本物の怪異を目の当たりにしたい、という気持ちがあるのは確かです。ですが同時に、僕は確かめたいのです」

「確かめたい……」

「そうです。この世に不思議な物事が――化け物や幽霊や霊魂が――実在することを、僕は確かめたいのです。では、なぜ確かめたいと思うのか？　……母に、もう一度会いたいからです」

　鏡太郎の声が狭い部屋に凜と響く。

　正座の姿勢のまま背筋をまっすぐ伸ばした鏡太郎は、開いた窓へと目を向け、自嘲するように肩を揺らして続けた。

「誰にも言っていませんでしたが、僕は、この歳になってもなお、母を恋しく思い、あわよくばまた会いたいと、ずっと思っているんです。そんなことなど不可能だと、頭では分かっているはずなのに――」

あくまで真顔のまま鏡太郎は言い切り、再び義信へと向き直った。

気恥ずかしいのだろう、その顔は少しだけ紅潮している。薄赤い顔を向けられた義信は、縁の欠けた茶碗に薄い茶を注ぎ、それを差し出した上で首を傾げた。

鏡太郎の話に疑問があるわけではない。むしろ色々と腑に落ちたのだが、しかし。

「……どうして、今それを俺に話したんです？」

「今、僕は、誰にも言っていなかったことを、義さんに教えたわけです」

「はあ……。いや、だから、それはなぜ――」

「僕は話しました。だったら今度は義さんの番です」

「はい!?　何ですか、その理屈は？　そんな子どもじみた理屈――」

「あいにく僕はまだ子どもですので」

堂々と開き直った鏡太郎が、床に置かれた湯飲みを手に取る。赤い顔で湯気を立てる茶碗をふうふうと吹く少年を前に、義信は呆れ、戸惑い、苦笑いを浮かべ――そして、気付けば口を開いていた。

「……分かりました。お話しします」

「え！　ほ、本当ですか!?　っと、わっ、あつっ！」

動揺した鏡太郎が湯飲みを取り落としそうになり、熱いお茶を手にこぼす。慌てる鏡太郎を見て、義信は「驚きすぎでしょう」と再び呆れ、自分の湯飲みを手に取った。熱いが薄いお茶で口を湿らせながら、義信は「ほだされる」というのはこういう気分なのだろうな、と思ったが、嫌な気分ではなかった。

「俺の本当の名前は早瀬《はやせ》力《ちから》。『武良越義信』の名前や戸籍は、東京にいた頃に知り合った民権運動家と取り換えたものです」

お茶を静かに飲み干した後、義信は膝を正して語り始めた。

「泉先生のお察しの通り、俺は元々士族です。父、早瀬俊蔵《しゅんぞう》は、幕府に仕える下級の御家人でした。先日俺が切りかかった相手——天木喜重郎は、かつて父の上役だった男です」

「ということは、あの天木氏も幕臣だったのですか」

「ええ。……そして、俺の家族の仇《かたき》でもあります。俺の両親や祖父母、それに妹は、天木の手に掛かって死にました」

そう言って位牌にちらりと目をやった後、義信は淡々と言葉を重ねた。

義信の家は禄高こそ高くはなかったが、代々徳川家に仕えてきた古い家柄であり、義信の父・俊蔵もそれを誇りにしていた。

その上役であった天木は、さる旗本の養子であり、若くして頭角を現した人物であった。天木の詳しい出自を知る者は誰もいなかったが、天木は独自の情報網を持っており、各地の正確な動向を素早く収集してくるため、幕末の混乱期には重宝されていた。

「また、天木は徳川家の忠実な家臣でもありました。今になってみれば、そう振舞っていただけと分かるのですが……。ともかく天木は、二十年前、大政奉還が成った後も、明治政府に屈してはならないと強く主張し、彰義隊の結成にもかかわったそうです」

「彰義隊……」

義信が発した単語を鏡太郎は反射的に繰り返していた。

彰義隊とは、慶応四年（一八六八年）、旧幕府内の強硬派の武士を中心にして結成された武装組織である。最後の将軍であった徳川慶喜の説得にも従わず、上野の寛永寺を本拠地として徹底抗戦を唱えたが、新型の武器を備えた官軍の一斉攻撃により、たった一日で壊滅した。上野戦争と呼ばれるこの戦いにより上野一帯は焦土と化し、彰義隊の生存者は各地へ逃亡したという。

「そうだったのですか……」と鏡太郎がつぶやいた。

「僕の母の一家が江戸から金沢へ逃れてきたのは、上野戦争の戦乱を避けるためと聞いています。不思議な縁もあるものですね……。義さんのお父上も彰義隊に？」

「当然、加わりました。『加えられた』と言ってもいいでしょう。武士の世界は主従関係が絶対ですから、拒否権などはありません。父が本当はどう思っていたのか、今更知る由もありませんが……」

　やるせなさそうに嘆息し、さらに義信は語りを続けた。

「ご存じのように彰義隊は惨敗したわけですが、自身の情報網を持っていた天木は、そもそも勝ち目がなかったことを早くから察していたようです。それどころか、天木は官軍と通じていた」

「いわゆる獅子《しし》身中《しんちゅう》の虫だったわけですか。いつから新政府側に？」

「分かりません。維新後の仲間の旗色の悪さを見て、自分が助かるために情報を売って寝返ったのか、あるいは、最初から官軍側で、面倒な旧幕臣たちをまとめて叩き潰させるために、意図的に煽ったのか……。直属の部下だった父は、偶然天木の裏切りを知ってしまい、悩んだ末、彰義隊の仲間に天木の正体を明かそうとしたんです。『明日、皆に告げる』と母に話していたのを、俺は確かに聞きました。ところがその夜、天木が一人で俺の家に来たのです」

「お父上はどうされたのです？」

「父は面会に応じました。天木を説得するつもりだったようですが、天木は短銃を抜き、父を撃ち殺しました。父だけでなく母も、祖父も、祖母も……まだ六つだった妹まで」

「何と……！」

淡々と告げられる悲劇に、鏡太郎は大きく息を呑んだ。義信の家族を悼むようにしばし目を閉じた後、抑えた声で問いかける。

「義さんはどうして助かったのです……？」

「その時、俺は天井裏にいたんです。父に『戦闘が激化すれば家を捨てる必要があるかもしれない。そうなると略奪に合う可能性もある』と言われ、天井裏に家財や過去帳を隠していたんです。今思えば、父はあの顚末を予期していて、そのために跡継ぎの俺を天井裏にやったのかもしれませんが……。結果として、八つだった俺は、家族が無造作に殺される光景を見せつけられることになりました。事を済ませた天木は、俺に気付かないまま、急いで家から出ていきました」

「惨い……！　しかし、そんなことがあって騒ぎにならなかったのですか？」

「あの時代、江戸の治安は最悪でしたから。貧乏な御家人の一家が全滅したところで、士族の仲間割れか、乱暴な物取りにやられたんだろう、よくあることだ、で終わりです。……ですが、俺はそれで片付けられなかった」

「そうでしょうね。だから、仇討ちを……？」

「ええ。——父は、武士の誇りを重んじ、俺に武術を叩きこんだ人でした。そんな父が、刀を抜く暇もなく、柔術の腕も披露できないまま、あっけなく銃で撃ち殺された光景を、俺はどう受け止めていいか分からなかった……。父のことは、決してその全てが好きだったわけではありません。家族の仲も悪くはありませんでしたが、家族愛に溢れていたわけでもない。億劫《おっくう》に思うことも多かったんです。そもそも、仇を討ったところで何がどうなるわけでもないということは、八つの俺でも分かっていました。でも——」

「でも、天木を追ったんですね。いや、追わざるを得なかった……」

途切れた義信の言葉を補うように、鏡太郎が口を開く。こくりと義信はうなずいた。

「理屈ではなく、あいつをこの手で終わらせないと、俺の人生が始まらないんです。子ども一人で生き抜くだけでも色々大変でしたが、俺は天木の動向をずっと探り続けていました。……褒められないような手を使ったことも、何度もあります」

そう言って自嘲した義信は、文机の下に押し込まれていた書きつけの束を——二十年間分の追跡の記録を——手に取り、さらに続けた。

「新政府に入り込んだ天木は出世を重ね、少し前からは金沢の陸軍駐屯地に赴任していました。外国人顧問との交渉役も務めており、接待で外出することも多い。それを知った時、英語が話せる車夫は、外国人顧問の専属の送迎役になれると聞きましたので」

「なるほど。英語を学ばれたのは、仇に近づくためというわけですか。しかし、随分遠回りな計画ですね……」

「遠回りには慣れていますから。で、先の城の幽霊の一件の時、天木が転勤する噂を聞いて焦った俺は、あいつが、あの夜、あの見張り台に来ると知り、待ち構えることにしたわけです。……ああ、その情報を入手した手口については、できれば聞かないでいただけると助かります」

「心得ました。しかし、天木氏はあの山姫様とどういう関係なのです？　なぜ山姫様はあの時彼を庇ったのですか？」

「そこは俺にも分かりません。以前から山の民と通じていたのなら、天木が持っていた情報網は、山の民によるものだった可能性はありますが……」

「なるほど。よく分かりました。話してくださって、ありがとうございました」

話を聞き終えた鏡太郎が深々と頭を下げる。

ゆっくりと語っている間に日は傾き、窓から差し込む陽光は橙色になっていた。

義信は「いえいえ」と礼を返したが、鏡太郎はふいに神妙な面持ちになり、身を乗り出して口を開いた。

「あの。一ついいですか？」

「何でしょう？」

「さっきからずっと悩んでいたのですが、今後、あなたのことはどうお呼びすればいいのでしょう？　僕としては『義さん』がしっくりくるのですが、本名に合わせて『早瀬さん』、あるいは『力さん』と呼んだ方が……？」

　正座したまま義信に顔を近づけた鏡太郎が大真面目に問いかける。予想外の質問に義信は目を瞬き、そして思わず噴き出していた。

「何かと思えば……。義さんでいいですよ。俺もそっちの方が慣れていますし」

「良かった……」

　鏡太郎がほっと胸を撫で下ろす。その表情は依然として平静だったが、ほっとしているのは明らかで、義信は温かい気持ちになった。顔を上げた鏡太郎が「それで」と続ける。

「義さん、これからどうされるおつもりです？」

「ここのところ、天木は金沢城跡に常駐していないようなんです。俺の襲撃があったので、警戒しているんでしょうね。居場所を探っているところですが、手掛かりも少なく」

「『少なく』ということは、あるにはあるわけですか」

「ええ。一部の近しい部下には『竜の背にいる』と告げているようです。何かの符丁か暗号なのでしょうが……」

そう言って首を捻った上で、義信は険しい顔を鏡太郎へと向けた。

「ですが、俺は必ずやり遂げます。泉先生だからお話ししましたが――もしも俺を通報するとか邪魔をすると言われるならば、泉先生でも容赦はできません」

抑えた声が狭い部屋に静かに響く。

義信の声と表情には、大人でもぞくりとするような凄味があったが、鏡太郎は臆する様子もなく首を横に振り、窓から差し込む夕日に目をやった。

「そんなつもりはありません。黒門屋敷の一件の時にお話ししたように、僕は、たそがれを――どっちつかずの状態を好む人間です。断罪するような真似はしません」

「……そうですか」

「しかし、このまま帰るのも不本意です。義さんのことが心配ですから。そこで提案なのですが、天木氏の居場所を教えるので、仇討ちに同行させてもらえませんか？」

「え⁉」

意外な申し出に義信は目を見開いた。「分かるんですか？」と視線で問いかけた先で、鏡太郎がきっぱりと首肯する。

「見当は付きます。いかがです？　僕は、あなたを見届けたい」

「それは――いや、しかし、俺は泉先生が巻き込まれても助けませんし、場合によっては見殺しにしますよ？」

「分かっています。その上で申し上げているんです」

再度うなずいた鏡太郎が真面目な顔で告げる。眼鏡越しの大きな瞳で見つめられ、義信はうっと唸って思案した。

鏡太郎を巻き込むのは不本意だが、天木の居場所は是非とも知りたい。

それに、ここで追い返したところで、この好奇心の塊のような少年が素直に引き下がることは絶対にないだろう。だったら……。

義信はうなずく代わりに大きな溜息を吐き、鏡太郎を見返して口を開いた。

「……天木は、どこにいるんです？」

その質問を受けた鏡太郎は、立ち上がって窓に近づき、窓の外で西日を浴びる小さな山を指差した。

「あそこですよ」

＊＊＊

「この卯辰山は、白山から連なる霊山なんです。徳川時代は平民の立ち入りが禁止されていましたが、ご覧のように山麓には多くの寺院が集まっていて、山そのものが一種の信仰対象でもありました。黒壁山が魔の山ならば、こちらは聖なる山といったところです。黒壁山同様に――いや、もしかしたらそれ以上に、神隠しや天狗の話の多い山でもあります。摩利支天堂の五本松の天狗は特に有名で……」

夕日の照らす坂道に、鏡太郎の流暢な解説が延々と響く。

申し出を承諾した義信を連れて鏡太郎が向かった先は、ここ、卯辰山であった。

卯辰山は、義信の長屋のほど近く、浅野川を見下ろすようにそびえる小山である。麓の斜面には縫い目のような小道が縦横に巡り、細い坂道の左右には多くの寺院が並ぶ。幾つもの草鞋や草履が掛けられた朱塗りの山門を見やり、鏡太郎がしみじみと続ける。

「お寺が集まっている区画は寺町や小立野にもありますが、僕はここが好きなんです。曲がり角の向こうや坂の上から、今にも人でないものが現れそうなこの雰囲気がとてもいい」

「俺としてはできれば現れないでほしいですが……。しかし泉先生、どうしてこの卯辰山へ？　黒壁山同様に信仰対象になっているからですか？」

「もちろんそれもありますが、古来、卯辰山は幾つもの名前で呼ばれた山なんです。向山、茶臼山、摩利支天山――そして、臥竜山」

「臥竜山？」

先を歩く鏡太郎が口にした名前を、義信がハッとなって繰り返す。そういうことです、と鏡太郎がうなずいた。

「臥竜、すなわち、伏した竜です。天木氏は近しい部下に、竜の背にいると告げているのでしょう？」

「ああ、なるほど！　暗号ではなかったわけですか……！　どうしてそれに気付けなかったのか……！」

「最近は聞かない呼び名なので、去年金沢に来たばかりの義さんに分からないのも無理はないと思いますよ。僕はほら、この山の近くで生まれ育ったわけですから」

鏡太郎はそう言って義信を慰めたが、その表情はどこか陰っているようにも見え、義信は軽く首を傾げた。

仇討ちに同行しているのだから気持ちが弾むはずもないのだが、幼い頃から好きだった山だというのなら、ずっと寂しげに見えるのはなぜなのか……？

そんなことを考えているうちに、二人は山麓の寺院群を抜けて山道へ入った。

寺の窓から漏れる灯がなくなると、あたりが急に暗くなったので、義信は持参した提灯に灯を入れた。その隣で鏡太郎はとめどなく話を続けている。

「……この卯辰山も、黒壁山に負けず劣らず不思議な逸話の多い山なんです。特定の日は山祭なので山に入ってはいけないとか、山上の平地は神社の跡なので汚すと祟りがあるとか言われますが、黒壁山に似ていますよね」

「確かに」

「その他、死んだはずの子どもが現れて消えた、子どもが浮かび上がってどこかへ飛んでいきそうになった、遠くのものが近くに見えた、能登の海で光と音を放っていた能面が祀られているなどとも言われています。それに、この山には、羽の生えた美しい姉さんがいる、とも」

「何です、それは。天狗ではないのですよね？　天人ですか？　それとも鳥？」

義信が何気なく尋ねると、鏡太郎はふいに押し黙り、おかしそうに肩を揺らした。表情は変わっていなかったが、笑っていることは義信には分かった。「僕も同じようなことを聞きました」と鏡太郎が答える。

「それは鳥なのか、と。すると母は微笑んで、『鳥じゃないよ、羽の生えた美しい姉さんだよ』と教えてくれたものです」

「お母上から聞かれたお話でしたか」

「ええ。母はこの山が好きで、僕をよく連れてきてくれて……。亡くなった後は、この山に埋葬されました」

いつしか坂道の左右は暗い森になっていた。奥の見えない深い森に顔を向けながら語る鏡太郎の隣で、義信は、鏡太郎が山に入ってから寂しそうにしていた理由を理解した。

懐かしげな声で鏡太郎が言う。

「母が亡くなった後は、寂しくてしょっちゅう一人で登っていましたが、ここに来ると、悲しい気持ちを思い出してしまいますから……。最近は来ていなかったんです」

「そうだったんですね。すみません、そんな場所へ――」

「お気になさらず。同行をお願いしたのは僕ですし、この山が嫌いなわけではありませんから。むしろ逆です。『羽の生えた美しい姉さん』の話は、母がこの山で教えてくれたんですよ。天狗や神隠しを怖がった僕に、母は、この山には羽の生えた美しい姉さんがいらっしゃるんだよ、大きな五色の羽があって、天上に遊んでいる姉さんが――と、語ってくれたんです。そして、このことは誰にも言ってはいけないと」

「言ってはいけない？」

「はい。お前と母さまの他にはこんないいことを知ってる者はいないのだから、分からない人にそんなこと言うと怒られますよ、と、小さい声で……。母があんなことを言ったのも、思えば、あの時ばかりでしたね」

「だったらそれは俺に教えて良かったんですか？」

義信が怪訝な顔で見下ろすと、鏡太郎は「口外しないでくださいね」と口元に人差し指を立てた。

あたりはいっそう暗くなり、遠くの方から、ほう、ほう、と人を呼ぶようなフクロウの声が響いている。険しくなってきた坂道で、義信は提灯を前にかざしながら隣の鏡太郎に問いかけた。

「それで泉先生、どこへ向かっているんです？　ただやみくもに歩き回っているわけではないんですよね」

「昔、しょっちゅうこの山に登っていたと言ったでしょう。その頃に山の上で見つけた、古いお堂があるんです。山道から外れた見晴らしがいい場所に建物だけがぽつんと残っていて……『臥竜堂』という扁額《へんがく》が掲げられていたことを覚えています」

「臥竜？」

「そうです。伏した竜の堂です。また、堂の近くには小さな石碑が立っていましたが、今思えば、あの石碑は、黒壁山で見たもの——山と里の境界を示すものだと山姫様が仰っていたあれとよく似ていました。どうです？　山姫様と通じている天木氏が潜むには、もってこいの場所だと思いませんか？」

「なるほど……」

義信が思わずごくりと息を呑む。その逸る気持ちが伝わったのか、鏡太郎は視線を前に向けて歩調を速めた。

卯辰山の頂近く、森を抜けた先に身を縮めるように佇む臥竜堂は、見晴らしがいいと言うより、崖っぷちに建っているような社であった。

入母屋造の堂で、広さはおおよそ四間（約七・二メートル）四方。大きな屋根にはうず高く枯葉や落ち葉が積もり、壁板には蔦が絡みついている。山肌をえぐり取ったような急傾斜の断崖に接しているため、堂の前の小さな平地の端からは、花街の灯りに縁どられた浅野川が一望できた。

まるで天の川のような幻想的な景色に義信は一瞬見入り、崖下に広がる暗い森に目をやって体を震わせた。隣に並んだ鏡太郎が、抑えた声をぼそりと発する。

「興奮するなと言っても難しいでしょうが、足下には気を付けてください。足を滑らせたら、一町（約一〇九メートル）下まで真っ逆さまです」

「……はい」

小さくうなずいた義信が、足音を立てないよう注意しながら、臥竜堂へ振り返る。臥竜堂の近くの木には鞍の付いた馬が一頭繫がれており、観音開きの扉の隙間からは灯りが漏れていた。人がいるのは間違いない。義信は鏡太郎に提灯を渡し、背負っていた脇差を手に取った――その時だった。

「誰かいるね」

突き刺すような誰何《すいか》の声が堂の内側から響き渡った。

鏡太郎と義信が身を隠す暇もなく、二人の目の前で堂の扉が勢いよく開く。臥竜堂の中、古びた摩利支天像の手前に立っていたのは、夜の森のような深緑の着物を纏った細身の女性と、鼠色の洋服を身に着けた大柄な男であった。

「山姫様！」

「天木……喜重郎！」

鏡太郎と義信がほぼ同時に、目に映った相手の名を呼ぶ。

堂の中の二人もまたはっと驚き、鏡太郎たちを見据えた。

天木は先日の駐屯地の時と同じく洋装だったが、帽子は被っておらず、ネクタイも締めていなかった。

一方の山姫は、深緑の絣《かすり》の一枚着に繻子織《しゅすおり》の幅狭な帯を締め、褄《つま》を取って端折っていた。足下は素足に草履履き、黒くふっさりした髪をひっつめて櫛巻きにして手拭いを被っている。目立たなくするためだろう、山菜でも取りに来た近所の娘か若妻のような地味な出で立ちであったが、それでもなお印象の強さは隠しきれていない。灯りの中に浮かび上がる肌の白さに、鏡太郎は目を見張り、ああ、と唸った。

「何というなよやかな佇まい……！　まるで手は霞を溶いたよう、ふくらはぎは白く滑らかにすらりと長く、うなじは雪を欺くごとく……！　濡れた黒目がちの瞳も襟の後れ毛も全て、人間離れをして美しい……」

　流れるような賞賛の言葉が古びた堂の前に響く。いきなり山姫を褒め称え始めた少年を見て、天木は気味悪そうに顔をしかめ、山姫は嬉しそうに微笑んだ。

「おやおや。お褒めに与り光栄だよ、鏡太郎。そこまで言われるほどのものではないとは思うけど」

「何を仰います山姫様！　あなたのその気高い美しさは、僕なんぞの言葉ではとても表しきれないほどで――」

「黙れ！」

　天木の一喝が鏡太郎を黙らせる。天木は「何なんだこいつは」と眉をひそめ、隣の山姫へ訝るような視線を向けた。

「山姫。こいつらは始末したはずではなかったか」

「まさかここまで来るとはね……。下手に仏心をかけるべきじゃなかったか」

　やれやれと苦笑した山姫が天木を庇うように歩み出た。得物は何も持っていなかったが、油断ならない相手だということは既に思い知っている。義信は手にした脇差を抜き払い、臥竜堂の敷居を挟んで山姫たちと相対した。山姫の後ろで天木が口を開く。

「その顔、その目……思い出したぞ。貴様、早瀬俊蔵の息子だな？　二十年前のあの時、殺し損ねていたことは覚えていたが、上野戦争に巻き込まれて死んだとばかり思っていた。それがまさか、まだわしを狙っていたとはな」

「ああ、そうだ！　天木、お前はあの時から山の民と通じていたのか？」

「通じていたというのは違うね。この男は、元々山の民なんだよ」

義信の問いに答えたのは山姫だった。天木は「山姫！」と叱咤したが、山姫は全く意に介さず、軽く眉根を寄せてみせた。

「けちな男だなあ。教えてやるくらいいいじゃないか。どうせ口封じするんだろ？」

山姫は優雅な微笑で天木を黙らせ、義信と鏡太郎に向き直って、天木の過去を語って聞かせた。

里の民が山に入ることがあるように、山の民が里に交じることもあるんだよ——と山姫は語った。

元来、山の民の間には、里の政治には関わらないという不文律の掟があった。だが、徳川時代の終わり頃から、里の民による山での大規模な伐採や動植物の乱獲が増えており、これを受けて、山の民の中に「山を守るためには里で成り上がるべきだ」と唱える一派が現れた。その集団の急先鋒であった天木は、単身で山を下りて幕臣の身分を買い、山の民の情報網を使うことで出世していったのだという。

そうだよね、と山姫に問われた天木は、泰然とした顔でうなずいた。

「この国の国土の大半は山なのだ。そこに暮らす山の民は、里の民の知らない道や方法を使って、日本各地の山を縦横に行き来し、情報を交換しながら暮らしている。各地で混乱が頻発する幕末期、遠隔地の正確な情報は、何よりも強い力になった」

「では、父を——彰義隊を裏切ったのは」

「勝ち目がないと確信したからだ、早瀬の息子よ。お前はわしを恨んでいるようだが、そもそもの元凶は頭の固い幕臣どもであろう。それともお前は、お前の父親ともども枕を並べ、皆で無駄死にすれば良かったというのか？」

「それは……だが、父を——家族を、皆殺しにする必要はなかったはずだ！」

「そうするしかなかったのだということがなぜ分からん？」

「……何？」

「あそこであいつらを手に掛けねば、わしは彰義隊の連中に殺されていた。わしは生き続けねばならなかったのだ。支えてくれる山のため、ひいてはこの国のために！　いいか、早瀬の息子？　わしは自分が有用な人間だと知っている。必要とされる人間だと知っている！　それを証明するだけの実績は充分積み上げてきたつもりだ！　早瀬の息子よ、貴様にわしを許せとは言わん……。だが、ここで貴様に討たれてやるわけにもいかんのだ！」

　天木が轟かせた声が古びた堂を震わせる。

　その迫力に鏡太郎はびくりと震えて口を閉じ、山姫は申し訳なさそうに目を伏せた。

わずかな沈黙が臥竜堂の周囲を包み、ややあって口を開いたのは、脇差を下ろした義信だった。

「……つまり、俺の家族は必要な犠牲だったと？　山という世界を守るために？」

「そうだ。わしは――」

「――貴様は大した嘘吐きだな、天木」

義信が放った一言が天木の反論に被さった。「嘘吐きだと？」と問い返した天木に、義信が脇差の切っ先を突きつける。

「俺はずっとお前の足取りを追っていた。追いつくまで二十年も掛かってしまったが、おかげで、お前のことは誰よりも知っているつもりだ。軍部のみならず財閥たちにも食い込んでいることも――これまで手付かずだった山の開発を進めていることも！」

「な――」

「どういうことだ？」

天木が息を吞む音に山姫の鋭い問いかけが重なった。義信が山姫へと向き直る。

「山姫。あなたが後生大事に守っているその男は今、白山麓を切り開く計画に加担している。旗振り役と言ってもいい。禁足の聖山だった山を大々的に切り開いて鉱山を開発し、精錬所を建設する計画だ。進められれば、足尾《あしお》の二の舞になるのは目に見えている」

足尾。

義信がその地名を出した瞬間、山姫の顔が蒼白になった。

栃木県の足尾は、日本近代史上最初の公害事件と呼ばれる、足尾銅山事件の舞台となった土地である。社会問題化するのは本作の時代から二年後の明治二三年（一八九〇年）だが、この時点で既に、大規模な銅山開発による山林の荒廃、それが引き起こした大洪水の頻発、さらには有毒排水による鉱毒被害の激化などの問題は表面化していた。

山に生きる民だけに山林の現状には詳しいのだろう、「足尾」の一言だけで義信の言わんとすることを理解した山姫は、厳しい目を天木へと向けた。

「天木。今の話は本当かい？」

「ばっ——馬鹿を言え！　わしは三十年来、一貫して母なる山のために尽くしてきた！　そのことは山の民であるお前が一番知っているだろう！　誑らかされてどうする？　早瀬の息子！　貴様、わしが山を裏切ったという証拠があるのか？」

「証拠？　そんなものは——だが、確かに聞いた話だ……！」

「『聞いた話』？　はっ！　それが何の証明になる？　今のを聞いたか山姫？　大嘘吐きはこいつの方だ！　そこのガキともども、早々に始末を——や、山姫……？」

山姫をけしかけていた天木がふいに黙り込んだ。

振り返った山姫が、黒目がちな双眸をまっすぐ天木に向けたのだ。

　眼力に威圧されたのか戸惑ったのか、天木は大きく眉根を寄せ、義信や鏡太郎も、山姫の意図が分からないので傍観することしかできない。山姫は無言のまま天木を見据えていたが、ふいに大きく息を吐き、少し疲れた顔で義信たちへと向き直った。

「……なるほど。そこの車屋さんの言葉は、全て本当のようだ」

「えっ」

「何だと!?」

　義信と天木が同時に驚く。鏡太郎が息を呑んで見つめる先で、山姫は、当惑する天木へ再び鋭い視線を向けた。

「申し開きは聞かないよ。今、あなたの心を覗かせてもらった。己の出世に目が眩んで、初心を忘れてしまっていたんだね」

「ば――馬鹿なことを！　本気で言っているのか？」

「あいにく私は本気だよ。天木喜重郎、お前も元は山の民なら知っているだろう？　私たち山の民には――」

「――不思議な力の持主が、まれに生まれることがある……！」

　山姫の言葉に鏡太郎の声が被さった。

　一同が思わず視線を向けた先で、提灯を手にした少年は、興奮した面持ちで堂の中の山姫へ歩み寄った。

「じゃ、じゃあ……あなたはやっぱり本当に、心を読む、覚の力を……？」

「負担が大きいからそうそう使えないけれどね」

「ばっ――馬鹿馬鹿しい！　何が覚だ、何が心を読むだ！　そんなものは、カビの生えた時代遅れの伝説だろうが！」

「どう思おうと勝手だけどね、お前のその態度が何よりの証拠だよ。確かなことはただ一つ――。今後は、私も山の民も、お前には一切手を貸さないということだ」

「……何？」

「……ああ。確かに、人も猫も犬も熊も、みんな同じく獣《けだもの》だ。獣である以上、己の欲を満たさんとするのは当然のこと。でも、獣にも最低限の道理はあろう。山にだって掟はあろうよ。それを忘れたお前は生き物以下だと、そう思え！」

　鏡太郎を庇うようにすっと立った山姫が、天木に向かってきっとした声で言い放つ。冷水を浴びせるような冷ややかですっきりした宣告に、鏡太郎の顔が明るくなった。

「いい……。極めていい……！　何という気高さ、何という凜々しさ……！」

「山姫？　俺たちの味方に回ってくれるのか？」

　脇差を手にしたままの義信が驚いて問いかける。見つめられた山姫は「そういうことになるね」と肩をすくめ、真面目な顔を義信へと向けた。

「早瀬――いや、武良越義信。すまない。私たちが馬鹿だった。元は同胞だというだけの理由で、天木を疑うことを忘れていた」

「い、いえ、あなたの責任では……。むしろあなた方も被害者なわけだし」

「優しい言葉をありがとう。……さあて天木、申し開きの言葉はあるかい？」

冷酷な問いかけとともに、山姫が両手の細い指を蜘蛛の脚のように広げる。あの見えない糸を使うつもりだと義信は気付いた。

ただでさえ狭い堂の中で、不可視の糸を避けられるはずもない。天木はあっさり拘束される……と義信は思ったが、意外なことに、天木は身を低くして前に飛び出し、山姫の横を走り抜けてしまった。

「しまった！」

「え――あっ！」

山姫の舌打ちと鏡太郎の大声が同時に響く。天木の太い左腕が、山姫に見入っていた鏡太郎の小柄な体を抱え上げたのだ。

貴様、と叫ぶ山姫に向かって天木が吼える。

「甘く見たな山姫！　わしとて山の民の出だ、お前の糸の範囲くらいは把握している！」

「泉先生！　天木、お前というやつは――」

「黙れ早瀬の息子！　山姫も聞け！　動けばこの子どもを殺す！」

天木が右手で懐から短銃を抜き、鏡太郎へと突き付ける。くっ、と歯噛みして踏みとどまってしまった義信を見て、鏡太郎が声をあげた。

「何をしているんですか義さん！　約束したではありませんか！」

「約束？」

「そうです！　あなたは言いました、邪魔をするなら容赦はしない、巻き込まれても助けないと！　なのに何をためらっているんです？　二十年来探してきた相手なのでしょう？　ずっと鍛錬を続けてきたのでしょう？　さあ！」

天木の腕に締め付けられながら鏡太郎が必死に叫ぶ。言葉は勇ましいがその顔面は蒼白で、必死に恐怖に耐えているのは誰の目にも明らかだった。

「くっ……！」

絞り出すような苦渋の声とともに、義信の脇差を握った手がゆっくり下がる。

山姫も鏡太郎を慮っているのだろう、歯噛みしたまま動かない。

そんな二人を前に、天木は鏡太郎を抱えたままじりじりと後退して堂から退出し、近くの木に繋いであった馬に飛び乗った。

短銃をベルトに差し、小脇に鏡太郎を抱えた天木が手綱を振るうと、馬は勢いよく走り出し、森の中、麓へ通じる山道へと消えていく。

「待て！」

義信は慌てて後を追ったが、人が馬に追いつけるはずもなく、天木の姿はあっという間に見えなくなってしまった。

「くそっ……！」

「大丈夫。天木の行き先は分かってる。どうせ、山を駆け下りて、駐屯地に逃げ込む腹だろう。誰かに自分を守らせるのがあいつのやり方だからね」

義信の隣にやってきた山姫が淡々と告げる。落ち着き払ったその態度に、義信は思わず怒鳴り返していた。

「そんなことは分かっている！　だったらどうすればいい？　どうすれば良かったと言うんだ？　あいつは間違いなく泉先生を始末する！　なのにもう、追い付く術も――」

「落ち着いて。要は、駐屯地に逃げ込ませなければいいだけのことさ」

「……え？」

「君には、本当に迷惑を掛けてしまったね……。詫びようもないけれど、後は私に任せてほしい。山の民のことは、山の民が片を付けるからさ」

そう言うと、山姫は、天木が走り去った森から浅野川流域を見下ろす断崖へと視線を移し、崖を目掛けて駆け出した。予想外の行動に義信がぎょっと目を丸くする。

「山姫、何を？　おい、そっちは崖だぞ！　やめ――」

慌てて制止しようとした義信の眼前で、山姫はとんと地面を蹴り、その身を断崖から躍らせた。被っていた手拭いが舞い、長い髪がなびいて広がる。

「山姫！」

義信の叫びが虚しく響いた。崖っぷちの義信が見下ろす先で、山姫の痩身はぐんぐん小さくなっていき、はるか眼下の森へと落下する――かに思えた、その時。

山姫の背に、五色に輝く羽が生えた。

「え!?」

唖然とした義信が目を見張る。

義信は自分の目を信じられなかった。

だが、少なくとも、鳥の翼のような形状の何かが、山姫の背中に、ぶわり、と広がったのは確かだった。

山姫自身の背丈ほどもある一対の翼は優雅に羽ばたき、細身の体が浮き上がる。茫然として見守る先で、山姫は風に乗って軽やかに旋回し、山裾へと消えた。

――この山には、羽の生えた美しい姉さんがいる、とも。

ここに来る途中に聞いた鏡太郎の声が義信の脳裏に蘇る。

「信じられん……」とつぶやきながら義信は断崖に立ち尽くしたが、すぐに我に返り、天木の消えた森に向かって走り出した。

＊＊＊

脇差を背負って暗い山道を駆け下りた義信は、卯辰山を見上げる浅野川の川岸、ひと気のない一角に、小柄な人影が倒れているのを見つけて足を止めた。

川岸に建つガス灯の下、丸眼鏡を掛けた色白の少年――鏡太郎が、石畳の上に横たわっている。全身ずぶ濡れで、片方の袖は破れており、襟も髪も乱れており、仰向けになったまま動かない。

そして、そこから少し離れた場所、ガス灯の光がギリギリ届くあたりには、山姫と天木の姿もあった。

冷ややかな顔で立つ山姫の背には、さっき確かに見たはずの翼はなく、天木はその足下でうつぶせになって転がっている。天木の体に傷はなかったが、意識を失っているようで、白目をむいて口を大きく開けている。

意外な光景に義信はほんの一瞬だけ立ち止まった後、慌てて鏡太郎に駆け寄り、食い付くように山姫に問いかけた。

「これは――一体何があったんだ!?　泉先生は無事なのか?」

「安心しなよ。鏡太郎は気を失っているだけだ。息はあるだろ？」

言われてみれば確かに、鏡太郎の薄い胸はゆっくりと上下しており、呼吸音も聞こえてくる。ひとまず命に別状はないようだ。鏡太郎の傍らに膝を突いた義信が胸を撫で下ろすと、山姫は軽く微笑んでみせた。

「じきに息を吹き返すだろうから、何があったかは本人に聞くといい。私には、やることがあるからね」

そう言うと山姫は天木のベルトに手を掛け、ひょいと持ち上げた。大柄な天木を軽々と肩に担いでみせた山姫の力に義信は驚き、待て、と思わず声を掛けていた。

「その男をどうするつもりだ？」

「獣に変える」

「……何？」

「人の道を外れた報いさ。もう二度と、人に戻ることはない」

抑えた、それでいて明瞭な声が、夜更けの川辺にしっかりと響く。有無を言わせない明言に、義信の背筋がぞくりと冷えた。

その発言が何かの暗喩なのか、あるいは本当に獣に変えてしまうのかは分からない。だが、山姫がそう言うのであればそうなのだろうと、義信は自然に納得していた。少なくとも、天木喜重郎という人間はもうこの世にはいなくなるに違いない。それが山の民の掟を破ったものに科せられる罰なのだろう……。

そう理解した義信が黙り込んでいると、山姫は天木を担いだまま、さらりとした口調で義信に尋ねた。

「来るかい？」

「えっ？」

「君はずっとこの男を追っていたんだろう？　ならば、この男が人でなくなる場面に立ち会う権利を――もしくは、直接手を掛ける権利を、君は有している。少なくとも私たちはそう考える。君さえ良ければ、一緒に来るかい？」

膝を突いた義信を見下ろして山姫が問う。

その、極めて魅力的で、少し前までならば即座に承諾していたであろう申し出に対し、義信は数秒間沈黙し、首をゆっくり左右に振った。

「……いや。いい」

そう言いながら、義信は足下に倒れたままの鏡太郎に目をやった。

博識だが変わり者で、不出来な生徒を信じ、案じてくれた、英語講師の少年が、ずぶ濡れになり、気を失って横たわっている。

この少年を巻き込んだのが自分である以上、自分は残るべきだと義信は思った。

「天木は任せる」

「――そうか、分かった。じゃあね」

「ああ――いや、待った！　最後にこれだけ教えてくれ！　あなたたちは本当に不思議な力を持っているのか？　心を読む力や、空を飛ぶ翼を持っているのか？　この世に怪異や神秘は実在するのか……？」

背を向けて立ち去ろうとした山姫に向かって、義信はとっさに問いかけていた。

義信が投げかけたのは、鏡太郎が意識を取り戻していたら必ず口にしていたに違いない質問だった。そのことを理解したのか、山姫は足を止めて振り向き、寂しげな微笑を薄く浮かべた。

「怪異や神秘ね」と山姫がつぶやく。

「そんなものがいたとしても、もう消えていくだけさ。私たちと同じように」

「私たちというのは、山の民のことか……？」

「うん。時代はどんどん変わっている。抗ってみせてはいるものの、山の民の生き方は、多分、そろそろ潮時なんだよ。私たちは里の民のように記録も歴史も残さないから……まあ、近いうちに、最初からいなかったことになるだろうさ。だからさ、せめて君たちくらいは、覚えておいてくれると嬉しいよ」

「……分かった。忘れないと誓う」

「ありがとう。それと、鏡太郎に伝えておいてほしいことがあるんだけど――」

そう言って二言三言を口にした後、山姫は義信に背を向けて歩き出した。

天木を軽々と担いだ細身の後ろ姿が暗闇に溶け込むように消えていき、それから程なくして、横たわっていた鏡太郎が「うう」と短い声を発した。

咳き込む音が続いて響き、口から少量の水が吐き出され、閉じていた目がゆっくり開く。意識を取り戻したようだ。

「泉先生！　大丈夫ですか？」

「えっ……？　ああ、義さんですか」

義信が抱き起こしてやると、鏡太郎は猫か犬のようにぶるぶると頭を振った。水しぶきを飛び散らせながら立ち上がった鏡太郎は、何があったのか義信に尋ねられ、大きく溜息を落としてみせた。

「……天木のやつに、橋の上から川に投げ込まれたんです」

「それはまた大変な目に……。しかし、よく助かりましたね」

そう言って義信は傍らの浅野川に目をやった。女川と呼ばれる浅野川は、比較的流れが穏やかな川ではあるが、昨日まで続いた雨の影響で水量は増え、流れも速くなっている。問われた鏡太郎は、なぜか顔を上気させ、目を輝かせながら続けた。

「天木は、ここまで来たら人質は邪魔だと思ったんでしょうね。いきなり僕を川に投げ込もうとしたんです。僕は力を入れてしがみつきましたが抗えず、あっけなく川へ落ちました。左の袂がちぎれて取れたのはその時です。僕も泳げないわけではないですが、いきなり橋の上から川に放り込まれたんですから、たまったものじゃない」

「まあ、そうでしょうね」

「ええ。まず顔へ一波かぶって、そのまま仰向けに沈みそうになりました。面食らって立とうとしたんですが体を起こせず、目が眩み、水が鼻や口に入ってきて息ができない。もがいて体を動かしても、どぶんどぶんと沈んでいって、もう駄目だと思いました。人間、諦めると、あんな風に胸が痛くなるんですね……。水を大量に飲んだというより吸ってしまい、うっとりしたような心地になったことを覚えています」

「意識を失いかけていたんですね。しかし、それでどうやって助かったんです？」

「はい。僕もまだ信じられないんですが、ふいに目の前が明るくなって、体が何かに包まれたんです」

「包まれた？」

「そう感じました。正確には持ち上げられていたようですが、とにかく顔の周りに水がなくなったので、僕はほっと息をしました。そのまま目を開けると、山の際が遠くに見えました。その時、僕の体は地を離れ、空の高みにあったのです。僕を抱えて舞い上がったのは、大きな羽を備えた何か――いや、誰かでした。眼鏡が濡れていたのでよく見えませんでしたが、淡い光が五色の羽に輝いて、鳥のようで、でも鳥ではなくて……。そう、あれは間違いなく、羽の生えた美しい姉さんでした……！」

鏡太郎の声がどんどん感極まっていく。義信の相槌を待つことなく、濡れた眼鏡越しの双眸で星空を見上げながら、鏡太郎はさらに続けた。

「大きな美しい目が僕を見ました。ああ、母だ！　と僕は思いました。そしたら優しい腕が僕をぎゅっと抱きしめてくれたので、僕はただ縋りついてじっと目をつぶり――そして気が付くと、川辺に一人で転がっていたのです。まあ、こんな話、夢か幻としか思われないでしょうが……」

信じてもらえないと思っているのだろう、鏡太郎の顔が陰る。物憂げな横顔を前に、義信は首を横に振った上で口を開いた。

「信じますよ」

「え？」

「泉先生を助けたのは多分……いいえ、間違いなく、山姫です」

きょとんとした顔の鏡太郎が見つめる先で、義信ははっきりと明言した。

おそらく山姫は、翼を使って鏡太郎を助けた後、天木に追いついて捕らえ、鏡太郎を案じてこの場所に戻ってきていたのだろう。そう考えた義信は、自分が山の上から見た光景や、ここに来てからの一連の顚末を語って聞かせた。

鏡太郎は、助けてくれたのが母ではなかったことに寂しさを覚えたようだったが、天木を連れ去った山姫に義信が同行しなかったことを知ると、申し訳なさそうに背を丸めてうつむいた。

「つまり義さんは、僕のせいで仇を討つ機会を失ってしまったわけですね……。どう詫びればいいものか……。すみません。僕があいつに捕まりさえしなければ」

「いえ、自業自得というやつです。泉先生が捕まった時、俺は躊躇してしまいました。あの場面でも、泉先生がどうなろうと天木に切りかかれるような、俺は自分をそんな人間だと思っていて、そうあれと律してきたはずなのですが……いや、全く、理想の自分になるというのは難しいものですね」

「義さん……」

「そんな顔をしないでください。俺が自分で選んだことなんですから。それに、山姫になら任せていいと、俺は確かに思ったんです。あの人なら官憲のように丸め込まれることはないでしょうし、天木を逃がすこともないでしょう。不思議な力を持っているわけですから」

「『不思議な力』？」

義信が口にした言葉を鏡太郎が訝るように繰り返す。「だって、人が羽を生やして飛ぶなんてありえないでしょう」と義信が問うと、鏡太郎は目を細めた。

「あながち不可能ではないかもしれません。鳥や虫や凧は実際に飛んでいるわけですから、同じ原理が人に応用できないはずはない。材質までは分かりませんが、山姫様は、折り畳まれた薄い羽のようなものを背負って飛び降りたのでは？」

「え？　いや、そんなものはなかった……と思うのですが」

「でも、義さんはずっと山姫様を見ていたわけではないのですよね」

「それは……はい。俺は天木と泉先生を目で追っていましたから、山姫が何をしていたのかは見ていません。飛び降りた時だって気が動転していましたので、何かを背負っていたかどうかも覚えていませんが……しかし、本当に可能なのですか？」

「少なくとも試した人は多いですよ。古今東西、人は空や鳥に憧れ続けてきたわけですから、大陸や西洋のみならず、この日本でも徳川時代以前から何度も試みられています。成功したという話もなくはない。そのほとんどは真偽の怪しい伝説ですが――でもそれは、あくまで里という世界の話です」

「つまり、山の民はずっと前から飛行技術の実用化に成功していたと？」

「可能性はあるでしょう。黒壁山で、天狗とは山の民のことだったのかもしれない、と話したのを覚えていますか？　天狗の最大の特徴は、何と言っても背中の翼です」

「あっ……！」

「それに、飛行技術は平地より山の方が有用ですよね。尾根から尾根へと移動できれば大幅に距離も時間も稼げます。山では滑空に必要な風も吹きやすいし、材料だって手に入ります。山奥でなら、いくら実験しようが飛ぼうが、僕ら平地人に見つかることはない。天木が有効活用していたという山の民の情報網は、案外、その技術によって支えられていたのではないでしょうか……？」

驚き、戸惑う義信が見つめる先で、腕を組んだ鏡太郎が口早に言葉を重ねる。

なお、無動力飛行機、いわゆるグライダーはこの時点ではまだ実用化されておらず、「グライダーの父」ことリリエンタールが飛行距離二五〇メートルを達成するのは一八九三年のことである。さらにその十年後の一九〇三年、ライト兄弟が初の動力飛行に成功し、人類の飛行機による空への進出がここから始まっていく。

鏡太郎の言葉に、義信は「なるほど……！」と唸ったが、当の鏡太郎は自分の推理を誇るでもなく、やるせなさそうに自嘲した。

「……我ながら、本当に因果な性格ですね。怪異や神秘を信じたいのに、その一方で種明かしをしようとしてしまう。助けてもらったのだから素直に感謝しておけばいいものを」

他人事のように言う鏡太郎である。「確かに」と義信は釣られて苦笑した。

「しかし山姫も不思議な人ですよね。どうして泉先生のことをあれだけ気に掛け、わざわざ助けてくれたのか」

「それに関しては、一つ思いついたことがあります。もしかして僕の母は、山の民の血を引いていたのではないでしょうか」

「泉先生のお母上が……？」

「そうです。だとすれば僕が山姫様に母の面影を見たことにも筋が通ります。山の民は遊行の芸人や職人として里に下りることもあると山姫様は言っておられましたし、母の家系は代々役者で、音曲にも親しんでいました。だから母は、空を飛ぶ術を身につけた山の民──『羽の生えた美しい姉さん』のことを知っていた。もしかして母の一家が江戸から金沢に逃れる際の手引きをしたのも、山の民だったのでは──」

「な、なるほど……！」

口早に積み重ねられていく推論に義信は圧倒され、同時に聞き慣れた饒舌ぶりに安堵してもいた。

どうやら自分は自覚していた以上に、この少年のことを案じていたようだ。

そう気付いて苦笑しながら、義信は鏡太郎の言葉に耳を傾け、相槌を打ち、やがて鏡太郎の語りが途切れた頃に「そう言えば」と口を開いた。

「山姫から泉先生に言付かっていることがあります」

「山姫様から僕に？　何です？」

「名前を伝えておいてほしい、と言われました。いつまでも『山姫』のままでは水臭いから、と。あの人の名は、『花』と言うのだそうです」

別れ際に山姫が言い残した言葉を、義信は静かに口にした。

「『花』……」

告げられたばかりの名前を鏡太郎が繰り返し、義信が首を縦に振る。

「はい。花はものを言わないから、誰の耳にも聞こえない。自分も山の民も、所詮はそんな存在なんだ、と」

「そうですか……。でも、花は目に美しい。あの方らしい、とてもいい名前だと思います」

鏡太郎が嚙み締めるようにしみじみと言う。義信は「俺もそう思いました」と同意し、山姫が立ち去った先の暗がりに目をやって続けた。

「あと、いずれ泉先生が雅号や筆名を名乗ることがあったら、『花』の一字を使ってくれると嬉しいとも言っていました」

「それはずいぶん光栄な話ですが、僕は物書きになる予定は――はっくしょん！」

鏡太郎がふいに大きなくしゃみをした。びしょ濡れのままなので、体が冷えてきたようだ。「帰って着替えた方がいいですよ」と義信が促すと、鏡太郎は素直に同意し、二人は川縁の道を歩き出した。

川岸にぽつぽつと建ち並ぶガス灯のおかげで、あたりの様子は辛うじて見える。義信が夜目を凝らしながら歩いていると、鏡太郎が思い出したように口を開いた。

「受講料は無料でいいです」

「は？」

いきなり何の話だと面食らった義信が隣に目を向ける。義信が見つめた先で、鏡太郎は星空を見上げ、「僕が立て替えます」と言葉を重ねた。

「いえ、立て替えさせてください」

「いいのですか？　しかし先生との約束では、怪異の実在が確認できて初めて……」

「ええ。確かに、山姫様が本当に不思議な力を持っていたのかどうかは実証できていないままです。……でも、今夜の体験は、僕にとって、何より得難いものでした。あんなに美しく、素晴らしいものを、この目で見られたのですから……！」

山姫に助けられた時のことを思い出しているのだろう、真上を見る鏡太郎の双眸には、満天の星のような眩い光が確かに宿っていた。

義信にとって、今夜の出来事は色々と想定外だったし、満足のいく結果が得られたと言い切ることもできない。それでも、この小さな先生を満足させられたなら、まあいいか……と、義信は思った。

それから二人はしばらく夜の金沢を並んで歩いた。金沢は茶屋町や繁華街もある大きな都市ではあるものの、こんな夜更けに出歩く人がそういるはずもなく、あたりは暗く、ひっそりと静まり返っている。二人の口数も自然と少なくなったが、鏡太郎の住み込んでいる私塾の近くまで来た頃、鏡太郎がふと足を止めてつぶやいた。

「『もう消えていくだけ』……」

「何です？」

「山姫様――花さんが、義さんに伝えた言葉のことを考えていたんです。その言葉通りだとすると、今後、山の民は最初からいなかったことになるのですよね」

「それは……でも、俺たちにどうにかできることではありませんよ」

義信がやるせない声で応じると、鏡太郎は「そうですね」と相槌を打ち、嘆息した。

「僕が追い求めているようなものは結局、なくなっていく定めなのかもしれません」

「泉先生……。落ち込むのは分かりますが、でも――いなくなっていくのだとしても、いてほしい、あってほしいと思う気持ちを捨てる必要はないでしょう」

「えっ？」

「それに、今を生きている俺たちの言葉で語り直すことや、語り継ぐこともできるはず……。俺はお化けなんか信じていませんでしたが、泉先生とともに色々なことを見聞きして、そう思うようになりました」

「義さん……。そうか。うん、そうかもしれませんね」

自分自身に言い聞かせるように鏡太郎がうなずく。少しは元気が出たのだろう、鏡太郎は傍らの義信を見上げ、親しげに続けた。

「山姫様から『花』の字も預けられてしまいましたしね……。もし何かを物語る機会が来れば、義さんのことも使わせてください」

「俺を？　いや、それはちょっと気まずいというか、照れるというか」

「当然名前はもじりますよ。武良越義信さんそのままというわけにはいきませんから。お人柄も、そのままが嫌なら、理想の義さんの方ではいかがですか」

「理想の俺……ですか？」

「ご自分で言っていたではありませんか。何を犠牲にしてでも自身の信じる正しい道を絶対に貫けるような、そんな人物像で――」

ひとりでに想像が膨らんでしまうのだろう、鏡太郎の言葉は尽きることなく続く。終わる気配のない語りに耳を傾ける義信の顔には、自然と微笑が浮かんでいた。

泉鏡太郎――後の泉鏡花――が近代小説に出会い、小説家を志すのは、この翌年のことである。

後に幻想文学の大家となる鏡花であるが、初期は筆者の思想をそのまま表した小説、いわゆる観念小説の書き手として知られていた。初期の代表作には、芸人の支援を受けて判事になった実直な若者・村越欣弥《むらこしきんや》が、罪を犯した恩人に死刑を宣告した後に自害する「義血侠血」や、生真面目だが貧者には厳しい若手警官・八田義延《はったよしのぶ》が命を捨てて悪人を助ける顚末を描いた「夜行巡査」などがある。

＊＊＊

「お頼み申します！」

六枚町に建つとある私塾の玄関先に、若い男性の張りのある声が響いた。

この塾は元は武家の屋敷で、風格のある格子戸の脇には「国語・英語・算術指導井波塾」「下宿・通学選択可」という文字が並んでいる。達筆で記されたそれらを見ながら声の主が待っていると、程なくして屋内から「はーい」と若々しい声が応じた。

「お待たせいたしました」

声変わりを迎えてそれほど経っていないのだろう、伸びやかな挨拶とともに現れたのは、色白で小柄な少年――鏡太郎であった。

私塾の奥からやってきた鏡太郎は、玄関口に立って頭を掻いている義信を見て、元々大きな目をさらに丸くした。

「義さんじゃないですか！　私塾は退塾されたのでは？」

「そのつもりだったのですが、俺はずっと天木を追ってきたわけじゃないですか。それがいきなりあんなことになって、人生に張り合いがなくなってしまいまして……。理由はどうあれ、仇がいなくなり、俺の人生はやっと始まるというのに、情けない話です」

「なるほど。それで私塾に」

「ええ。英語の講義は割に楽しかったことを思い出し、一つ、ちゃんと勉強してみようかなと思ったのです」

「それはいいですね。知識はいくらあっても困りませんから。……ところで、受講料の方ですが」

そわそわした面持ちで鏡太郎が問いかける。分かっています、と義信がうなずく。

「新しい怪しい噂は、ちゃんと仕入れてきましたよ。と言うか、仕事柄、勝手に集まってくるんですが……聞かれますか？」

「ぜひ！」

鏡太郎が即答し、その眼鏡の奥の目をぎらりと輝かせた。

# 「化鳥」と亡母憧憬

「化鳥」は、明治三〇年（一八九七年）に発表された短編で、浅野川を思わせる川で橋の番をする若く美しい母親の姿を、幼い息子の視点から描いたもの。息子は川に落ちてしまったところを羽の生えた美女に助けられ、その美女との再会を願ってあちこちを探し回るが、やがてその正体が母だと知る。

鏡花の作品に通底する江戸文化への懐古趣味は、江戸出身の母・鈴が持ち込んだ草双紙に由来すると言われるが、鏡花は数えで十歳（満九歳）の時にこの母を亡くしている。最愛の母の早逝は幼かった鏡花に大きな喪失感を与え、母への思慕の念を意味する「亡母憧憬」は浪漫や幻想と並んで鏡花作品に通底するテーマの一つとなった。中でも「化鳥」は母への思いがはっきりと表出した作品として知られている。

母が埋葬された地である卯辰山もまた、鏡花作品において「母なるもの」を象徴する場所として用いられており、鏡花の中での母の存在の大きさが窺える。

# あとがき

　本作は、明治の文豪の一人として知られる泉鏡花が、その少年期に、後に手掛ける作品のモチーフとなる事件やモデルとなる人物と遭遇していたのかもしれない……という趣向の連作です。なお、念のためのお断りですが、本作はフィクションです。実在の人物・場所・事件・伝承等を参考にしていますが（受験生だった頃の鏡花が塾で英語を教えていたとか、貸本屋に通っていたというのは史実です）、物語の都合に合わせて改変している部分も多々あります。少なくとも鏡花については数多くの研究書や評伝が刊行されていますが、少年期にこんな事件に遭遇していたという話は私の知る限りではありません。じゃあこの本は何なんだよ！　と言われそうですが、ご本人も「忘れてしまっている出来事が、ふとした機会で呼び起こされて作品になることがあるんだよ」ということを書いておられますので、本人も忘れていただけで、こういうこともあったのかも、ということで……。その他、私の勘違いや無知による誤りもあるでしょうが、どうか広い心で見ていただければありがたいです。

　泉鏡花という作家をどう評価するかについては色々な考え方がありますが、「現実世界のすぐ近くの異界に住んでいる、善でも悪でもなく、格が高くて美しく畏怖すべき怪異」みたいな（今ではすっかり定番の）設定をフィクションの世界に定着させた人だと私は認識しています。それまでは悪役だったり時代遅れの迷信だったりした怪異や妖怪について、そうじゃないんだよ、彼ら・彼女らはもっと自由で格調高くて神秘的なんだよ、という視点を創作の世界に根付かせたのが、泉鏡花という作家なのかなと思います。そんな尊敬すべき作家のオリジンを、明治二十年代初めという時代の特性や、金沢の怪異伝承と絡めて描いてみたのが本作です。ブックガイドにもなればと思って書いた作品でもあるので「鏡花は読んだことがないけど気になったかも」と思っていただけたなら、ぜひ鏡花の小説も手に取っていただければ嬉しいです。

さて、この本を作る上でも多くの方のお世話になりました。表紙を描いてくださった榊空也様には、以前「六道先生の原稿は順調に遅れています」というシリーズでもお世話になったのですが、今回も美麗なイラストをありがとうございます。鏡太郎も義信も瀧も山姫もそれぞれ魅力的で、いい絵をいただけたなあと何度も見返しています。また、泉鏡花記念館館長の秋山稔様、金沢学院大学准教授の佐々木聡様には、貴重な資料についてご教示をいただきました。金沢在住の小説家の紅玉いづき様には取材の際に色々とお力添えをいただきました。担当編集者の鈴木様、いつもご迷惑をおかけしております。この場をお借りしてお礼を申し上げます。そしてこの本を手に取ってくださったあなたにも最大の感謝を。楽しんでいただければ何よりです。

では、ご縁があればまたいずれ。お相手は峰守ひろかずでした。良き青空を！

# 参考文献


泉鏡花集成3（泉鏡花著、種村季弘編、筑摩書房、一九九六）
泉鏡花集成4（泉鏡花著、種村季弘編、筑摩書房、一九九五）
泉鏡花集成5（泉鏡花著、種村季弘編、筑摩書房、一九九六）
泉鏡花集成7（泉鏡花著、種村季弘編、筑摩書房、一九九五）
新潮日本文学アルバム22　泉鏡花（野口武彦著、新潮社、一九八五）
新編泉鏡花集　別巻1（泉鏡花著、秋山稔・須田千里・田中励儀・吉田昌志編、岩波書店、二〇〇五）
新編泉鏡花集　別巻2（泉鏡花著、秋山稔・須田千里・田中励儀・吉田昌志編、岩波書店、二〇〇六）
高野聖（泉鏡花著、角川書店、一九七一）
ちくま日本文学全集17（泉鏡花著、筑摩書房、一九九一）
石川近代文学全集1　泉鏡花（小林輝冶ほか編、石川近代文学館、一九八七）
文豪怪談傑作選　泉鏡花集　黒壁（泉鏡花著、東雅夫編、筑摩書房、二〇〇六）
おばけずき　鏡花怪異小品集（泉鏡花著、東雅夫編、平凡社、二〇一二）
現代日本文学大系5　樋口一葉・明治女流文学・泉鏡花集（樋口一葉ほか著、筑摩書房、一九七二）
鏡花と妖怪（清水潤著、怪異怪談研究会編、青弓社、二〇一八）
鏡花と怪異（田中貴子著、平凡社、二〇〇六）
センチュリーブックス人と作品19　泉鏡花（浜野卓也著、福田清人編、清水書院、一九六六）
特集　泉鏡花 様々なる越境（「文学」二〇〇四年七・八月号、岩波書店、二〇〇四）
泉鏡花　転成する物語（秋山稔著、梧桐書院、二〇一四）
鏡花　泉鏡花記念館（泉鏡花記念館編、泉鏡花記念館、二〇〇九）
文豪と怪奇（東雅夫著、ＫＡＤＯＫＡＷＡ、二〇二二）
「捨て子」たちの民俗学　小泉八雲と柳田國男（大塚英志著、角川学芸出版、二〇〇六）
泉鏡花と井波塾をめぐって　塾主井波他次郎と彫金師水野源六、鋳物師木越三右衛門のことなど（今井一良著、「石川郷土史学会々誌」第二一号、一九八八）

鏡花文学と民間伝承と　近代文学の民俗学的研究への一つの試み（松原純一著、「相模女子大学紀要」一四号、一九六三）
稲生物怪録（京極夏彦訳、東雅夫編、ＫＡＤＯＫＡＷＡ、二〇一九）
地方発　明治妖怪ニュース（湯本豪一編、柏書房、二〇〇一）
明治・大正期の科学思想史（金森修編、勁草書房、二〇一七）
柳田国男山人論集成（柳田国男著、大塚英志編、角川学芸出版、二〇一三）
金沢市史　現代篇　上巻（金沢市史編さん審議委員会編、金沢市、一九六九）
金沢市史　通史編３（近代）（金沢市史編さん委員会編、金沢市、二〇〇六）
金沢市史　資料編11（近代1）（金沢市史編さん委員会編、金沢市、一九九九）
金沢市史　資料編14（民俗）（金沢市史編さん委員会編、金沢市、二〇〇一）
金沢古蹟志　第三編（森田平次著、日置謙校、金沢文化協会、一九三三）
金沢古蹟志　第七編（森田平次著、日置謙校、金沢文化協会、一九三三）
金沢古蹟志　巻六（森田平次著、金沢文化協会、一九〇二）
金沢古蹟志　巻十（森田平次著、金沢文化協会、一九〇二）
金沢古蹟志　巻卅二（森田平次著、金沢文化協会、一九〇二）
石川県の歴史散歩（石川県の歴史散歩編集委員会編、山川出版社、二〇一〇）
金沢大学50年史 通史編（金沢大学50年史編纂委員会編、金沢大学創立50周年記念事業後援会、二〇〇一）
三州奇談（日置謙校訂解説、石川県図書館協会、一九三三）
からくり記念館展示図録（からくり記念館展示図録編纂委員会編、からくり記念館展示図録編纂委員会、一九九六）
からくり師大野弁吉とその時代　技術文化と地域社会（本康宏史著、岩田書院、二〇〇七）

この他、泉鏡花の著作を始めとする多くの書籍、雑誌記事、ウェブサイト等を参考にさせていただきました。

本書は書き下ろしです。

少年《しょうねん》泉鏡《いずみきょう》花《か》の明治《めいじ》奇談録《きだんろく》

峰守《みねもり》ひろかず

2023年8月5日初版発行

発行者……………千葉 均
発行所……………株式会社ポプラ社
〒102-8519 東京都千代田区麹町4-2-6

フォーマットデザイン 荻窪裕司(design clopper)
組版・校閲 株式会社鷗来堂
印刷・製本 中央精版印刷株式会社



ポプラ文庫ピュアフル

ホームページ www.poplar.co.jp

N.D.C.913/308p/15cm
ISBN978-4-591-17873-7
P8111361

アルバイト先は妖怪の古道具屋さん!?
取り扱うのは不思議なモノばかり――。

# 峰守ひろかず
# 『金沢古妖具屋くらがり堂』

装画：烏羽雨

金沢に転校してきた高校一年生の葛城汀一。街を散策しているときに古道具屋の店先にあった壺を壊してしまい、そこでアルバイトをすることに。……実はこの店は、妖怪たちの道具〝妖具〟を扱う店だった！　主をはじめ、そこで働くクラスメートの時雨も妖怪で、人間たちにまじって暮らしているという。様々な妖怪や妖具と接するうちに、最初は汀一を邪険に扱っていた時雨とも次第に打ち解けていくが……。お人好し転校生×クールな美形妖怪コンビが古都を舞台に大活躍！

おひとよし転校生とクールな美形妖怪の
バディ・ストーリー第二弾！

# 峰守ひろかず
# 『金沢古妖具屋くらがり堂　冬来たりなば』

装画：烏羽雨

妖怪たちの古道具——古〝妖〟具を取り扱う不思議なお店「蔵借《くらがり》堂」。このお店は、店主を始め、店員も皆妖怪だった。金沢に引っ越してきた男子高校生の葛城汀一は、普通の人間ながらそこでアルバイトすることに。妖怪である時雨や亜香里たちとともに驚きの毎日を過ごしていた。人と妖がともに暮らす古都を舞台に、出会いと別れを繰り返しながら、汀一と時雨は友情を育んでいく。しかしある日、妖怪祓いをしている少年・小春木祐が現れて、くらがり堂にピンチが訪れる……!?

平安怪異ミステリー、開幕！

# 峰守ひろかず『今昔ばけもの奇譚 五代目晴明と五代目頼光、宇治にて怪事変事に挑むこと』

装画：アオジマイコ

時は平安末期。豪傑として知られる源頼光の子孫・源頼政は、関白より宇治の警護を命じられる。宇治では人魚の肉を食べて不老不死になったという橋姫を名乗る女が、人々に説法してお布施を巻き上げていた。なんとかせよと頼まれた頼政だが、橋姫にあっさり言い負かされてしまう。途方にくれているところに出会ったのは、かの安倍晴明の子孫・安倍泰親だった――。

お人よし若武者と論理派少年陰陽師が数々の怪異事件の謎を解き明かす！